임천 장날

임천 장날

서성식 장편소설

좋은땅

목 차

1.

임천 장날

임천 장은 근동에서 제일 큰 오일장이다. 임천 장을 중심으로 세도, 양화, 장암, 충화 한산 장이 선다. 장사 치들은 초하루는 세도, 초이틀은 양화, 초사흘은 세도 장을 보고 초나흘은 쉰다. 쉬는 날은 강경이나 대전으로 옷가지 등 물건을 하러 가거나 농사를 짓는다. 초닷새 날은 임천 장을 본다. 옷 장사나 건어물을 파는 장꾼들은 봇짐이 크고 무거워서 버스나 자전거로 가지고 다닐 수 없어서 전문 짐꾼들에게 짐을 맡긴다. 그들은 둘이나 셋이 짝을 지어 우마차를 달려 채 먼동이 트기 전에 장에 도착해 짐을 풀어놓는다.

옷 장사나 건어물 장사치들은 자기들의 가게가 있어서 면에 자릿세를 내고 장사를 했다. 함석지붕을 이고 있는 그 가게들은 그저 비만 맞지 않게 양철지붕만 있을 뿐 칸막이도 전기 시설도 아무것도 없는 맨바닥에 사방이 기둥만 있는 그런 곳이다. 장사꾼들은 그곳에 광목으로 된 포장을 둘러 밧줄을 여러 줄 치고 옷걸이에 옷을 진열한다. 철따라 옷은 바뀌고 입학철이 되면 학생복도 팔았다.

중선이 아버지는 5일을 기준으로 세도 장, 양화, 임천 장만 보고, 이틀은 농사를 짓거나 쉬었다. 장사를 시작하고 몇 해가 지나자 논마지기나 장만하고 밭때기도 늘리고 해서 살림이 전보다 훨씬 나아졌다. 적어도 자식들 굶기거나 학교를 보내지 못할 정도로 가난하지는 않았다. 그 시절 점심을 거르는 집이 한 집 건너 두 집이 있을 정도로 중선이 사는 동네는 가난했다.

중선네 가족은 임천 장에 기대어 살았다. 아버지는 옷 장사를 하고 엄마는 채소전을 떠나지 않았다.

임천은 교통의 요지이기도 했다. 강경이나 장항 부여로 가는 길목에 있어서 사람들의 왕래가 잦았고, 강경이나 장항 부여 모두 금강이 끼고 돌아서 논이나 밭이 걸고 농사가 잘되었다. 강이나 바다에서 가깝다 보니 해산물이나 민물고기들이 풍부했고, 봄에 칠산 강에서 잡히는 우여는 이 지역 특산물이다.

중선은 어깨에 메고 있던 책보에서 나는 필통 소리를 달랑거리며 장터로 들어섰다. 중선은 아버지가 하는 장터 옷 전에 책보를 내려놓고 우시장으로 내 달리기 시작했다. 아침에 엄마와 아버지가 하는 말이 여섯 마리의 강아지들을 장에 내다 팔아야겠다고 하는 말을 들어서다. 한두 마리는 남겨 두고 팔라고 했는데 이찌 되었는지 궁금해서 공부가 제대로 되지 않았다.

쇠전은 옷 파는 가게나 어물전 같지 않고 난달에 쇠 말뚝만 박혀 있고, 내를 끼고 장 후미진 곳에 한가하게 있었다. 우시장은 온갖 동물냄새가 진동하는 곳이다. 소 냄새, 사료, 건초 냄새, 탑새기 썩는 냄새, 오리 똥 냄새. 세상의 온갖 냄새가 코를 찔렀다.

새벽을 달려온 소들은 등허리에서 김이 무럭무럭 났고, 입으로는 연신 무언가를 열심히 되새김질했으며 걸쭉하고 흰 침을 흘렸다. 나무로 만든 코뚜레가 번들거렸고, 목을 아래로 쭉 뽑고 줄에 묶인 머리를 흔들며, 그 큰 눈으로 뒤룩뒤룩 여기저기를 살폈다. 수염 난 염소. 네모난 철제 상자에 갇힌 커다란 개. 꽥꽥거리는 오리. 털 빠진 닭. 큰 눈을 이리저리 굴리며 고개를 갸웃거리는 황소.

쇠전으로 들어가는 초입에 올망졸망 강아지 몇 마리를 대소쿠리에 담아 놓고 햇빛을 손으로 가리며 찡그린 얼굴로 앉아 있는 엄마를 발견했다. 엄마 옆에는 이웃에 사는 아주머니들이 닭 몇 마리, 오리 몇 마리, 토끼 몇 마리, 약병아리 몇 마리, 염소 몇 마리, 개 몇 마리, 돼지만 빼고 집에서 기르는 모든 가축들이 장에 팔려 나왔다. 돼지는 고기장수들이 직접 집으로 와서 무게를 달아 오토바이에 싣고 갔다. 임천 장에는 돼지 고기 소고기를 파는 정육점이 두 개 있었다. 쇠전 옆에는 도축장이 있었다. 엄마 앞 소쿠리에는 팔다 남은 강아지 두 마리가 저들끼리 장난을 치고 있었다. 중선과 눈이 마주치자 엄마는 이를 드러내고 웃었다.

  - 이리 오너라. 원판 덥다. 즘심은 먹었니.
  - 아니 안즉. 오늘 반굉일인디. 근디 바둑이는 어디 갔어.

  엄마가 앞에 놓고 앉아 있는 광주리에는 팔다 남았는지 누런 강아지 두 마리만 남아 있다. 엄마는 웃으며 집에 놓고 왔다고 했다. 중선은 가슴을 쓸어내리며 돌아서서 뛰려고 하는데 엄마가 중선을 잡으며 임천옥에 가서 짜장면이나 한 그릇 먹고 가자고 말했다. 중선은 나머지 두 마리는 어떻게 하려는 듯 누런 강아지를 쳐다봤다.

  - 집으로 가져가야지 오늘은 틀렸다. 파장이다. 다음 장에
    다시 나오든지 해야지.

  점심때도 지나지 않았는데 우시장은 벌써 파장이었다. 대신 우시장은 새벽에 열린다. 동이 트기도 전에 사람들은 소를 몰고 우시장으로 몰려들었다. 큰돈이 오가는 우시장은 인근 큰 도시에서 중개상들이 와서 트럭으로 소를 사갔다.

중선은 자기도 모르게 한숨을 쉬었다. 쇠전은 어찌된 일인지 신 새벽에 장이 열리고 점심을 먹기 전에 장이 파했다. 벌써 안 팔린 소들은 다음 장을 기약하며 하나둘 집으로 향하고 있었다. 꼭두새벽에 장이 섰다가 중화전에 파하는 장이 또 하나 있었다. 모시전이다.

모시전에서는 세모시와 삼베가 거래됐다. 새벽 해가 뜨기 전에 전깃불을 환하게 밝히고 모시 한 필을 펼쳐 놓고 입에 물 한 모금을 머금었다가 펼쳐 놓은 세모시에 훅 끼얹어 때깔과 윤기를 확인하였다. 중간상인들이 모시를 짠 아주머니 할머니한테서 사들인 세모시와 삼베를 우마차에 싣고 시장을 떠날 때쯤 장터 길 양쪽으로 뜨내기들의 난장이 열린다.

오일장 중에 하루는 쉬는 날이기도 하고 강경이나 대전으로 물건을 떼러 가는 날이기도 했고. 대부분은 농사를 겸하기 때문에 그날 하루는 논에 나가 모내기를 하거나 밭에 나가 일을 했다. 그네 장사치들은 살고 있는 동네에서 상류층에 속하는 부류들이다. 왜냐하면 장사를 하면 현금을 쥘 수 있고 그걸 이용해 봄에 장리를 놓았다가 가을에 2할의 이자를 붙여 본색을 거둬들였다. 농사를 지어서 먹거리가 해결되고 더러는 농사를 짓지 않고 선도를 주어서 논을 남의 손에 논농사를 짓기도 했다. 금전이 쌓여 갈수록 부는 축적이 되고 동네에서 방귀깨나 뀌는 축에 속했다. 세상에 옷 안 입고 사는 사람은 없었고, 기성복으로 나오는 학생복까지 파는 까닭에 집집마다 옷 장사에게 한두 푼 외상이 없는 집이 없었고, 그러다 보니 아무도 업신여길 수가 없었다.

중선은 엄마를 따라 임천 옥으로 갔다. 임천 옥은 같은 학년 경옥이 아버지가 운영하는 중국집이다. 자장면이나 짬뽕, 볶음밥을 주로 파는 임천 옥은 여름이면 콩을 갈아 만든 콩국수를 내곤 했다. 엄마와 짜장면 한 그릇씩 시켜 놓고 한 그릇은 아버지 옷 전으로 배달해 달라고 해놓고 중선이와 엄마는 말없이 먹기 시작했다.

경옥이는 공부도 잘하고 얼굴도 예뻤다. 무엇보다 벌써 어른스러운 데가 있다. 얼굴은 분칠을 한 듯 허옇고, 자두만 한 가슴이 봉긋 나와 있었다. 키도 크고 얼굴에 여드름자국이 있는 것이 중학생이라고 해도 믿을 만큼 성숙했다. 그 경옥이가 물컵을 가지고 나왔다. 중선은 괜히 가슴이 뛰었다.

중선이 다니는 초등학교라야 남자 반, 여자 반 모두 합쳐서 두 학급뿐이었다. 수업을 같이 듣지는 않았지만 경옥 이는 남자애들에게 늘 흠모의 대상이다. 인기투표라는 걸 하면 항상 수위에 올랐다. 엄마가 날 놀리듯 바라본다 슬금슬금 웃으며 짓궂게 말이라도 붙여

보라는 듯 시늉으로 눈짓을 했다. 중선은 더는 못 참고 한마디 했다.

　- 잘 있지 야.
　- 응.

　곧이어 짜장면이 나오고 누구랄 것도 없이 짜장면 한 그릇을 뚝딱 비웠다. 돈을 치루고 나오는데 엄마가 물었다.

- 너 갸 좋아하냐.
- 아이 엄마도 참.
- 우리 반 아이들 중에 경옥이 안 좋아하는 애 없어 엄마.
- 너 말이다. 너는 갸 좋아하나.
- 왜, 소개라도 시켜 주게? 나도 좋아하지.
- 아니 그런 게 아니고 우리 아들이 벌써 커서 여자아이를 좋아하는지 그게 궁금해서.
- 엄마 나도 이제 다 컸어.
- 아이고 큰소리치기는. 고추도 안 여문 게.

　임천은 교통의 요지였다. 남쪽으로 가면 강경으로 연결되고, 서쪽으로 가면 서천, 장항으로 통했고, 북쪽으로 길을 나서면 부여로 이어졌다. 임천에서 조금 지나 창머루에서 강경, 장항 양쪽으로 갈라졌다. 교통의 요지답게 장날이면 여러 동네의 물산이 임천 장에 모여들었다.

그 중심에 차보가 있었다. 각지로 가는 버스가 들랑거렸고, 더러 택시도 서 있었으며, 각종 차표를 팔면서 한쪽에서는 구멍가게를 했다. 가게 모퉁이에는 종 다방도 있었다.

그 당시 임천 근방에서 유일하게 아이스케키를 만들어 파는 제빙기를 설치해 놓고 여름이면 아이들 몇을 고용해 고을마다 팔러 다녔다. 지금도 시중에서 볼 수 있는 팥 앙금이 든 딱딱한 얼음과자인 그것은 하드라는 이름을 달고 있었다. 군것질거리가 많지 않던 시절 하드는 조무래기들에게 최고의 주전부리였다.

팥 앙금을 둥그렇게 얼린 얼음 가운데에 대나무 손잡이를 넣어 만든 그것은 돈이 없는 어린애들에게 집 뒤에 있는 대나무를 베어 나르게 만들었다. 스치로플로 만들어진 파란 통에 얼음을 넣어 아이스케키가 녹지 않게 한 그 통을 짊어지고, 아이스케키라고 소리치며 동네를 돌아다니는, 땟국물이 자욱한 아이를 보면 너도 나도 불러 하나씩 입에 물고 다녔다.

중선은 장터 옷가게에서 아버지를 도와 옷을 너름줄에서 떼어낸 원피스를 개고 있다. 다 저녁이라 장이 시나브로 사위어 가고 있었다. 파상이다. 미주 보이는 황 대장네 대장간에서도 황 대장 부인이 앞마당에 늘 어놓았던 호미, 부엌칼, 낫, 쟁기 날, 도끼 날, 쇠스랑. 호미를 점방 안으로 들여놓고 있었다. 풀무질을 멈춘 황 대장은 시뻘겋게 달아오른 쇳덩이를 집게로 뒤집 어 가며 망치질을 하고 있다. 그럴 때마다 낫이며 괭이 등 살림살이들이 제 모습을 드러냈다. 아직 뜨거워서 김이 나는 쇳덩이를 찬물에 담근다. 그것은 치익 소리 를 내며 물속으로 들어가 수반에 가득찬 물들을 깨운 다. 아마도 마지막 담금질이리라.

중선이 아버지와 옷을 거의 다 개어 광목천으로 묶 을 무렵 병호 형이 사람 좋은 웃음을 띠고 가게 앞에 나타났다. 병호 형은 커다란 짐을 묶을 때마다 나타나 서 아버지를 도왔다.

짐꾼인 병호 형은 아버지가 죽고 엄마가 팔자를 고 치는 바람에 외가인 외삼촌 집에 맡겨졌다. 병호 형 엄 마는 딸이 하나 있는 홀아비한테 시집을 가면서 아들 둘을 데리고 재가할 수 없어서 큰아들을 친정집에 맡 기고 시집갔다. 병호 형은 초등학교도 마치기 전에 외 할머니 집의 허드렛일은 전부 도맡아서 했다. 나이가 먹고 덩치가 커지면서 등에서 지게가 떠날 날이 없었 으며 외삼촌이 장사꾼들의 담보 짐을 날라주고 밥술 깨나 뜨기 시작하면서부터는 자연스럽게 오일장을 도 는 장돌뱅이가 되었다.

병호 형은 구루마를 끌고 임천 근동에 있는 장을 돌아다녔다. 그 무겁고 큰 비단 짐을 지고 걸음마하듯 아슬아슬하게 등짐을 해서 나르는 것을 보노라면 중선이가 다 숨이 막혔다. 그 우마차를 이용하는 단골들은 대부분 옷 장사들이다. 더러는 비단이나 포목을 파는 장사치들도 있지만 대부분 옷 장사들이다. 학생복부터 일할 때 입는 작업복 등 온갖 종류의 옷들이 그 짐 안에 들어 있었다.

병호 형은 새벽잠을 설치며 일어나 소와 말에게 여물을 쒀 먹이고 구루마를 끌고 창고가 있는 장터로 가 차례로 짐을 실어 밧줄을 두르고, 콧김이 무럭무럭 나는 소를 끌고 이 장 저 장 장사꾼들보다 먼저 장에 도착해 짐을 내려주었다. 그 일이 끝나면 국밥 한 그릇 말아 훌훌 입에 털어 넣고 소와 말을 끌고 냇가로 나가 소와 말에게 풀을 뜯겼다.

점심나절에는 말을 끌고 산으로 가 나무에 묶어 놓고 말 발톱을 자르고 말발에 징을 갈아 주었다. 말발을 뒤로 꺾어서 무릎에 대고 망치로 두들겨 징을 박았다. 그리고는 장이 파하면 장사꾼들의 짐을 싣고 밤길을 달려 임천에 오면 고단한 하루일과가 끝났다.

- 중선이 오늘도 아버지 도와서 짐을 싸고 있구나. 오늘 사월 초파일 선날이라 소금 있으민 제등행렬을 힌디고 초

등학교에 모여 준비하고 있던데 넌 안 가나.

- 응 아버지 짐만 싸면 나도 가 볼라고. 형이 좀 도와줘. 나
  얼릉 가 보게.
- 알았다. 여기는 걱정 말고 퍼뜩 가 봐라.

중선은 아버지의 눈치를 보았다. 알아들었는지 어
쨌는지 별말씀이 없으셨다. 올려다본 아버지의 얼굴
은 병색이 완연하다. 담배도 끊고, 술도 마시지 않는데
몸이 마르고 얼굴에 검버섯이 가득하다.

- 중선아 생선전 김씨 아저씨네 가서 우여 한 바구리 달라
  해서 가져오너라.
- 아버지, 돈은.
- 그 집 애들 입힌다고 지난 장에 간따꾸하고 속옷 몇 벌
  외상 가져갔으니 나중에 심하면 된다. 가서 아버지가 심
  부름시키더라 하면 알아들을 것이다. 얼릉 댕겨와. 시장
  하다.

중선은 생선전에 가는 게 싫다. 생선전에는 비린내
가 진동했다. 아버지 어머니 심부름이 아니면 중선은
그곳을 거쳐 가야 할 일이 있을 때도, 그곳을 피해 일
부러 삥 돌아간다. 생선전에서 중선이 살 것도 없지만
생선에게 물을 뿌려 신선도를 유지하는 통에 땅바닥

이 질척거리고 바짓가랑이에 젖은 흙이 묻어 비린내를 풍겼다.

나무판자로 짠 널따란 좌판 위에 온갖 생선들이 초점 잃은 눈을 홉뜨고 가지런히 누워 있다. 우여는 봄철에 금강하구에서 잡히는 회유성 어종으로 보리이삭이 패기 시작하는 요즘이 제철이다. 손바닥만 한 우여를 잘 손질해서 먹기 좋은 크기로 토막 낸 다음 미나리를 듬뿍 넣고 고추장에 무쳐 놓으면 애 어른 할 것 없이 잘 먹었다. 고등어나 갈치에 비해 크기도 작고 볼품없는 생선이지만 금강하구에 사는 사람들은 이맘때가 되면 우여를 푸짐하게 무쳐 먹는다.

식당이나 막걸리 집에서도 이맘 때 장날이면 우여무침이 빠지지 않는다. 싸고 흔하게 잡히는 그 작은 생선은 그 즈음 가난한 백성들에게 훌륭한 단백질 공급원이었다. 특히 임천을 끼고 도는 금강 본류인 칠산 강에서 우여가 많이 잡혔다. 작은 배로 노를 저어 그물을 치고 잡은 고기를 그날로 장사꾼들에게 넘겨져 동네아줌마들이 리어카에 싣고 동네 고샅에 팔러 다닌다. 냉장고가 없던 시절 쉽게 상하는 민물고기 우여는 무침으로 찌개로 금강 가에 사는 사람들에게 아주 친숙한 물고기다.

- 중선아 얼릉 가서 외할머니 모셔 오너라.

- 니 어메 몸 풀라는 모양이다.

중선은 아버지 자전거를 타고 장터로 향했다. 한달음에 장터에 닿았다. 중선은 외할머니를 뒤에 태우고 자전거 폐달을 힘껏 밟았다. 아침 해가 떠오르고 있었다.

난산이었다. 새벽에 시작된 진통은 중선이 학교를 갔다 오고 나서도 동생이 태어나지 않았다. 어머니는 진통이 올 때마다 울부짖었다. 온몸이 땀으로 젖어 물 속에서 금방 나온 사람처럼 온몸이 땀으로 흥건했다. 뜨거운 방에서 같이 용을 쓰고 있는 외할머니도 겉옷을 벗어부치고 속곳차림으로 부엌과 안방을 부지런히 오갔지만, 아이 울음소리는 들리지 않았다.

외할머니는 피범벅이 된 손으로 솔가지를 분질러 아궁이에 넣으며 방안의 어머니가 외마디 소리를 지를 때마다 경련하듯 몸을 떨었다. 놀란 중선의 눈에 외할머니는 영락없는 귀신이었다. 흰 옥양목 저고리 여기저기에 피가 묻어 있고 얼굴은 땀으로 번들거렸다. 머리는 헝클어지고 뜨거운 물을 바가지로 퍼 낼 때마다 긴 머리가 흘러내려 얼굴을 가리곤 했다. 외할머니가 세 번인가 네 번째 부엌으로 나오더니 물을 달라고 했다.

- 살모사 같은 년.

급기야 오리정에 사는 동하수를 데려오라고 했다. 임천 읍내에 병원이 하나 있었고 그곳에는 연로한 송 의사가 있었지만 가까운 동하수를 데려오라 했다.

동하수는 오리정 냇가에 집을 짓고 사는 돌팔이 의사다. 배탈이라든지 맹장이 걸리거나 동네 사람들 중에 아픈 사람이 있으면 다 떨어진 왕진 가방을 들고 간호보조원도 없이 이 동네 저 동네 돌아다니며 아픈 사람들을 돌보는 사람이다. 물론 무면허이니 병원을 차릴 수는 없었다. 그러나 웬만한 병은 그의 주사 한 방에 치료되었고, 상태가 심각한 맹장수술 환자나 위중한 환자는 부여에 있는 병원을 소개해 주고 거마비를 먹는 일종의 방 같은 존재였다. 그날도 중선은 오리정 비석거리에 있는 동하수네 집으로 아버지 자전거를 타고 달려갔다. 담장도 없는 동하수네 집은 개울을 복개한 너른 길가에 있었다. 문 앞에서 아저씨 하고 부르니 그의 아내가 장지문을 조금 열고 빼꼼 쳐다보며 말했다.

- 집에 안 계신다. 만사리 밭에 가셨다.

그러면서 낡은 왕진가방을 내주었다. 중선은 자전거에 왕진가방을 실고 그의 밭으로 달렸다. 씨앗을 뿌리고 있던 동하수는 중선을 보자마자 쇠스방을 내동

댕이처 버리고 내를 건너 큰길로 나서고 있었다.

동하수가 앞에 타더니 핸들을 잡고 자전거를 냅다 몰아 중선네 집으로 향했다. 중선은 왕진가방을 끌어 안고 뒤에 짐칸에 탔다. 어머니가 동생을 낳는데 새벽에 진통을 시작했는데도 아직도 애가 나오지 않는다는 중선의 말을 듣고, 동하수는 대수롭지 않다는 듯 하루 왼 종일 진통하다가 그다음 날 낳는 수도 있다고 했다.

안방으로 들어온 동하수는 어머니의 배를 만져 보고 눈을 뒤집어 보더니 조금 있으면 나올 것이라고 말하며 주사 한 대를 놔 주고 먹는 약을 주더니 동하수는 휭 하니 오던 길을 되짚어 돌아갔다. 어른들은 부여 큰 병원으로 가야 하는지 어쩌는지 갈피를 못 잡고 우왕좌왕했다. 그러는 사이 밤이 왔고 안방에서는 아직도 어머니가 악을 쓰고 있고, 윗방에서는 아버지가 기침을 해댔다.

밤 열 시가 넘어 엄마는 아이를 낳았다. 그러나 그 아이는 하루를 살지 못하고 죽었다. 외할머니는 눈물을 찍어내며 넋두리를 했다.

- 너 고생 안 시키려고 일찍 길을 나섰는갑다. 살고 죽는 것도 지 팔자이니 너무 설워 마라. 애들이 위로 넷이나 있는디 더 낳아 봐야 짐만 된다.

잠들었던 중선이가 눈을 비비고 일어나니 아버지는 윗재에 사는 성운이 아버지를 데려오라고 했다. 성운이 아버지는 동네에서 죽은 사람이 있으면 염을 해 주었고, 상여를 만들어 팔기도 하고, 묫자리를 잡아 주기도 하는 드난살이였다.

　설날이나 추석에 동네에서 돼지를 잡으면 냇가에서 돼지 목을 따고 부위별로 고기를 나눠 주기도 했다. 누구네 담이 무너지면 담도 쌓았다. 가을에 바심할 때 일을 맞춰 놓고 새벽에 데리러 가면 안 일어나기로 유명한 사람이다. 술을 먹으면 끝장을 보고 술에 취해 새벽에 일어나지 못해 동네가 떠나가도록 소리를 지르곤 했다. 동네 망나니로 사람 취급도 안 하지만 동네 무슨 일이 있으면 그가 없으면 아무것도 못 한다는 말이 있을 정도였다 동네잔치가 있거나 정월 대보름 전날 지신밟기를 할 때도 그가 깽매기를 잡으면 어른 애 할 것 없이 그 뒤를 따르며 그가 치는 깽매기 장단에 어깨춤이 절로 났다. 그러나 재주 많은 사람치고 박복하다고, 그는 오만가지 재주를 가졌지만 천성이 게으르고 술 마시고 노는 것을 좋아해 식구들은 굶기를 밥 먹듯 했다.

　그의 아낙도 게으르기는 마찬가지여서 머리가 늘 까치집이었고, 얼굴이 부스스했다. 먹지 못해서 그런다고 동네 아낙들이 수군거렸다. 뒷재에 있는 논 몇 마지기도, 종중 산지기를 하면서 부쳐 먹고 있었다. 뒷골

밭 몇 떼기도 제때 파종을 못 하고 잘 가꾸지 못해 늘 쭉정이만 거둔다고 동네 사람들이 혀를 찼다. 어쨌거나 그런 살림이니 아이들이 굶기를 밥 먹듯 하고 학교도 제대로 다니지 못해 그 집 애들 다섯 명 중 초등학교를 제대로 다닌 아이들이 없을 정도였다.

성운이 아버지는 강보에 쌓여 윗목에 밀쳐둔 갓난 동생을 들고 나가 마당에서 가마니로 둘둘 말더니 지게에 지고 대문을 나섰다. 어머니는 통곡을 하고 외할머니는 우는 엄마를 달래고 아버지는 기침을 해댔다.

- 내 따라가 어디 묻히나 봐야 하지 않겠나.
- 오지 마셔요. 맴만 아프지. 제가 양지바른 곳에 실하게 묻어 주지요.

어머니는 아무것도 먹지 않았고, 머리도 감지 않았으며 하얀 소복을 입고 마루에 우두커니 앉아 앞산을 바라보고 있었다.

장터에서 초등학교를 거쳐 면사무소 옆길로 들어서면 성흥산으로 가는 길이 나온다. 오 리쯤 가면 조그만 절 대조사가 나온다. 대조사 들어가는 입구부터 청사초롱이 걸려 있다. 들판엔 갓 심은 어린모가 자라고, 밭엔 누렇게 보리가 익어 간다. 엄마와 이모가 등을 달려고 종무소에서 시줏돈을 내고 가족들의 이름을 불러 주고 있다. 얼굴이 상기된 이모가 미륵불하고 연결된 기다란 줄에 등을 달고 두 손 모아 합장을 했다. 그 몸짓이 간절했다.

아버지는 아랫목에 앉아서 가슴을 쥐어뜯으며 목쉰 가래를 뱉어 내고는 입가에 묻은 검붉은 피를 소매 끝으로 훔치고 있다. 시도 때도 없이 터져 나오는 밭은기침에 숨이 끊어진 듯 숨을 못 쉬고 얼굴은 새파랗게 질리다 터져 나오는 기침소리에 묻어 나오는 가래. 온몸의 힘을 다 끌어모아 뱉어내는 누리끼리한 덩어리의 액체. 그 소름끼치는 검붉은 피.

아침저녁으로 먹어대는 한 주먹의 알약으로도 아버지의 가슴은 나아지지 않았다. 눈깔사탕만 한 미제 파스 여덟 알, 아이나 두 알, 영양제 한 알, 어린 중선의 손에 차고도 모자라 넘치던 약들. 중선은 으르렁 거리며 컥컥 숨이 막히는 그 소리가 지긋지긋해 집보다는 산으로 강으로 들로 나돌아다녔다.

집 뒤로 야트막한 언덕이 있고, 언덕에 연한 오솔길을 따라 오 리쯤 산을 올라 조그만 저수지 포강을 옆구리에 끼고 돌면 성흥산 중턱에 남향한 대조사가 자리 잡고 있다. 대웅전 앞마당엔 오래된 감나무 여러 그루가 하늘을 가리고 서있다. 절 뒤꼍으로 난 길을 따라 몇 걸음 더 오르면 산신각 오른쪽에 곰이 육중한 괴불이 하나 있다. 높이가 대여섯 질은 되고 몸이 육중하고 단단해 뵈지만, 반쯤 감겨진 부드러운 눈에 잔잔한 미소가 흐르고, 코는 뭉툭하게 잘려 우둔해 보이는가 하면 얇은 입술은 금방이라도 무슨 말을 할 듯이 정겨운 그 석불은 세상의 모든 사람들의 고통스런 이야기를 다 들어주고도 남을 커다란 귀를 양쪽에 달고 있었다. 책상보다 커 보이는 머리 위에는 멍석만 한 갓이 씌워져 있다. 부처님을 싸고도는 광배처럼 몇백 년 된 아름드리 소나무가 오른쪽으로 몸을 비틀며 미륵불을 감싸고 우산처럼 받치고 있다. 석불 앞에는 평평하고 긴 돌로 된 제단이 있다. 중선은 제단 위에 세워진 촛대에 불을 밝히고 합장했다. 양초에서 촛농이 흘러 더덕더덕 눌어붙어서 애초에 그렇게 조각해 놓은 듯 자연스럽다. 가끔은 거칠고 길쭉한 제단 위에 백동전 몇 개가 흩어져 있을 때도 있었다.

때로 그 돈은 집에서 계란 몇 개를 가져다가 구멍가게에 파는 돈보다 많았다. 그날도 백동전 몇 개가 촛불이 뜨거워서 더는 참지 못하고 눈물이 흐르다 멈춘 촛대 옆에 놓여 있었다. 중선은 주워다 쓰려고 까치발을 딛고 손을 뻗으며 주위를 두리번거렸다. 미륵님이 빙그레 웃고 있다. 중선이 씩 웃으며 오늘은 재수가 좋다 생각하는데 서걱서걱 발자국 소리가 들렸다. 중선은 깜짝 놀라 온몸에 소름이 쫙 끼쳤다. 그러나 그곳엔 아무도 없었다. 미륵불 옆 대웅전 뒤꼍은 시나대 나무가 무성하게 자라고 있었는데 대나무치고는 키가 작고 잎사귀가 무성해서 바람 불면 무당이 흔드는 시나대 소리가 났다.

오늘도 어김없이 그 소리가 들렸다. 지-장-보-살. 지-장-보-살. 언젠가 외할머니를 따라 대조사에 들렀을 때 어디선가 들리는 구슬픈 소리에 어린 마음에도 마음이 짠해지며 외할머니에게 중선이 물었었다. 어디서 나는 소리냐고.

- 명부전이라고 지장보살을 모시는 작은 전각이 있는데 그곳 불전함에 종신기도라고 써 붙이고 죽을 때까지 기도를 한다는구나 글쎄. 무슨 놈의 한이 그렇게 많은지.
- 종신기도가 뭐야.
- 세상의 모든 중생을 다 극락으로 보내기 전에는 멈추지 않을 것이라는 말이란다.
- 죽을 때까지.
- 그렇단다.
- 죽을 때까지. 죽을 때까지.

무슨 말인가를 하려다가 그만둔 외할머니는 중선을 빤히 쳐다보다가 멀리 성흥산 쪽으로 눈을 주고는 한없이 서 있었다. 지장보살을 되뇌는 스님의 저원한 목소리에 넋을 놓고 있던 중선도 할머니의 시선을 따라 성흥산을 바라보았다.

바위에 앉아 있던 새가 하늘로 날아갔다. 할머니의 시선이 새를 쫓아갔다. 새는 새하얀 낮달이 걸린 하늘로 솟구쳐 올랐다. 중선은 하늘이 품고 있는 허공의 깊이에 현기증이 났다. 형체를 이루는 물질세계가 환영에 불과하다고 말하는 것 같았다.

외할머니는 왜 말을 아꼈을까. 죽을 때까지 손으로는 목탁을 느리게 두드리며 입으로는 한숨인 듯 설움인 듯 지장보살을 부르고, 몸으로 부처님을 향해 오체투지로 절을 하는 저 스님이 누구이기에.

그때 받은 충격으로 중선은 시도 때도 없이 짬만 나면 대조사로 올라와서 명부전으로 가게 만들었고, 여기쯤 와서 저 탁하고 한없이 느린 염불소리를 듣고 나서야 깊은 안도의 한숨을 토해 내게 했다.

석불에서 계곡 쪽으로 서른 발자국쯤 가면 명부전이 나오고 중선은 오늘도 어김없이 그곳에서 흘러나오는 예의 그 소리를 듣고서야 마음이 놓였다. 저 소리는 언제쯤 멈출 것인가? 아니 저 소리가 멎으면 한 비구니가 지장보살 곁으로 가게 되리라. 아버지의 기침소리보다 오래갈 것 같은 목탁소리를 뒤로하고 성흥산으로 가는 길목으로 들어섰다.

꼬불꼬불한 길을 따라 솔향기를 맡으며 대조사 경

내를 벗어나 조금 더 오르면 소나무 사이로 피어나던 무수한 들꽃들. 타는 듯 젖내음이 나던 노란 산 동백, 달고 연해서 허기와 목마름을 달래 주던 진달래, 가녀린 여인을 닮은 듯 어리게 피던 수선화, 금방이라도 날아오를 것 같던 보랏빛 현호색, 너무 붉어서 서럽던 철쭉꽃, 햇빛이 잘 드는 무덤가에 피던 꼬부라진 할미꽃, 제비를 닮지 않은 제비꽃, 외할머니가 밤새워 짜시던 세모시처럼 하얗게 피던 찔레꽃, 바람에 풀풀 날리는 노란 가루를 쫓다가 하늘을 보면 어릴 적 마당만 한 구름 한 짝이 흘러가고 저만치 성흥산이 서 있다.

병풍처럼 둘러처진 거대한 바위가 앞을 막아서는 성흥산 정상에 오르면 600년 묵은 느티나무가 중선을 반긴다. 이름 하여 사랑나무. 시원한 바람을 맞으며 멀리 눈을 주면 길은 돌비늘에 반짝이고 멀리 앞뜰너머 강은 기다랗게 누워 흐른다.

성흥산 사랑나무 앞에서 보면 아스라이 강은 반짝이며 누워 흐르고 군산 앞바다가 보이는 바위산엔 장항제련소 굴뚝이 흰 연기를 뿜고 있다. 옆으로 눈을 돌리면 계백이 오천 결사대와 함께 산화한 황산벌이 길게 늘어져 있다. 예전엔 성했던 강경포구도 한눈에 들어온다. 북쪽 사면에서 보면 백제의 왕성이 있던 부소산성이 보이고 그 옛날 서해를 통해 들어오던 왜구나 당나라군이 사비를 향해 진격해 올 때 성흥산성에서 연기를 피워 위급함을 알렸다고 한다.

성흥산에서 조금 내려오면 백제 때 창건한 대조사가 있다. 큰새가 날아와 꿈에 절을 지으라고 알려 주어서 절을 지었다는 전설이 내려온다.

성흥산 정상에 멍청하게 금강을 보다가 숨넘어가는 해를 아버지의 임종을 지키는 아들처럼 숨죽이며 지켜보다가 꼴까닥 마른침을 삼켰다. 여기저기 자식들의 울음소리가 들리고 서쪽 하늘이 통곡한 엄마의 눈두덩같이 붉게 물들었다. 미친 신이 자신의 성의를 찢어 어둠의 아가리에 봉헌하는 것 같다. 집에 가야 하는데.

어스름에 가고 싶지 않은 집을 향해 가다가 섬   한 느낌에 고개를 드니 커다란 살모사 한 마리가 똬리를 튼 채 고개를 빳빳이 들고 중선을 노려보고 있다. 중선은 그 자리에 멈춰 섰다. 한 발자국만 앞으로 더 나갔다면 정강이를 물렸을 것이다. 중선은 그 자리에서 꼼짝을 못 하고 순간적으로 전율했다. 온몸의 힘이 쭉 빠지고 맥이 풀렸다. 머리칼이 쭈뼛거리고 온몸의 세포들이 전부 다 열리고 그 구멍으로 수분이 빠져나오려고 아우성치고 있었다. 아무 생각도 나지 않았다.

뭔가 섬뜩한 것이 지나가고 난 다음 통증도 느끼지 못하고 멍하고 아릿한 아픔만 남았을 때처럼. 손가락에서 살갗을 비집고 피가 배어 나와야 비로소 아프고 겁이 나서 울음을 터트리는 아이처럼. 가슴이 뛰고 아찔해서 어떻게 해야 할지를 모르고 당황해서 서있던 중선은 뱀에게서 눈도 떼지 못하고 발도 떼지 못하고 마냥 서 있었다.

살모사도 헛바닥만 습관적으로 날름거릴 뿐, 이렇다 할 동작을 취하지 못하는 것이 그도 솔찬히 놀란 모양이다. 그러나 그 헛바닥이 날름거릴 때마다 금방이라도 주전자 주둥아리에서 뜨거운 물을 쏟아낼 것 같은 쉭-쉭 거리는 그 소리는 끊임 없이 중선을 위협했다. 한동안 그러고 있던 중선은 슬금슬금 뒷걸음질 치기 시작했다. 눈은 여전히 뱀에 고정시킨 채, 금방이라도 달려들어 중선의 정강이를 물고 늘어질 것 같은 환상에 치를 떨면서, 몇 발자국을 혼신의 힘을 다해 간신히 물러난 중선은 뱀이 움직이는 것을 보고 온몸에 땀구멍이 다 열리는 듯 한숨을 쉬었다. 뱀은 느릿느릿 중선을 경계하며 빈 밭을 가로질러 나무 그늘 사이로 사라져 갔다. 그 길고 야릇한 허물 같은 환상만 남겨 놓고서.

어둠이 짙어서야 집에 돌아왔다. 그렁그렁한 가래 끓는 소리를 들으며 슬그머니 부엌으로 들어섰다. 밥상을 차리던 엄마가 긴장된 얼굴로 눈짓을 했다.

- 아버지가 널 어지간히 찾았다.

아버지는 소변을 보려고 해도 숭선을 불렀고, 타구

에 가래가 차도 중선을 불렀다. 감기가 걸려 몸져누워도 아버지는 중선을 찾았다. 아버지는 틈만 나면 중선을 불러들였다. 찐득찐득하면서도 서늘하던 그 앙상한 팔을 힘없이 들어 중선의 팔목을 잡아보곤 했다. 때로는 흐뭇해하고 때로는 고개를 갸웃거리며 빤히 쳐다보는 통에 중선을 풀 먹인 광목처럼 빳빳하게 긴장시켰다. 나중에야 생각이 미쳤지만 그때는 그게 왜 그렇게 끔찍했는지. 아버지는 중선의 팔목을 잡아 보며 팔을 통해 전해오는 아들의 체온을 느끼고 혈통이 확인되는 2세에게서 어떤 동일성을 느낀 것은 아닌가. 유한한 자신의 존재의 일부가 남아 연장될 거라 믿은 건 아닌가.

중선이 처음 경험한 죽음은 할머니의 그것이었다. 앙다물려진 입에서 오싹하게 풍기던 싸늘한 한기.

작년 이맘때부터 아버지는 하던 옷 장사를 작파하고 집에 누워 버렸다. 얼마 전부터는 변소 출입도 여의치 않아 중선이 없고 가서 바지를 내려 줘야 했다. 더 이상 마를 수 없을 만큼 뼈만 앙상한 몸피는 어린 중선이 업기에도 가벼워서 이상할 정도였다.

중선이 중학교에 입학하던 해 입학식을 앞두고 중선의 몸에 좀 크다 싶은 학생복을 방에서 꺼내오더니, 손수 한글로 중 자가 새겨진 단추를 달아 주었다. 오른쪽에 아라비아 숫자로 된 하얀 배지를 달았으며, 모자

가장자리에 흰줄을 동여매고 마지막으로 읍내에서 박아 온 이름표를 달았다. 중선에게 입어 봐라 하며 모자를 씌워 주고는 그놈 이제 어엿한 중학생이 되었구나 하며 흐뭇해했다. 새로 산 운동화를 신고 토방을 내려서니 기분이 좋았다. 그해 입학식에도 아버지가 왔다. 장에 가는 날인데. 장에도 가지 않고.

볕이 나는 날엔 마루에 앉아 당신이 가꾸던 이제는 몰락해 가는 집안처럼 쇠락한 뜰을 바라보던 초점 없는 그 처연한 모습. 자기가 애쓰지 않는데도 어떤 일이 다가오는 것을 살갗으로 느낄 때 의심을 누르고 믿음을 다지던 그 눈빛.

언젠가 아버지는 이웃 숙희네 밭을 샀다고 했다. 포도농원을 하겠노라고. 그러나 시멘트 기둥을 찍어내기 위해 퍼 온 모래는 블록 담으로 변했고, 철사는 고물상에 넘어갔다. 시멘트 기둥을 찍기 위해 켜 온 송판은 간이 탁구대가 되어 헛간에 처박혔다. 블록으로 쌓은 담장은 그해 여름을 못 넘기고 무너져 내렸다.

외삼촌 네 장사치들 짐 창고에 도둑이 들었다. 새벽에 일어나 우마차에 짐을 싣고 장터에 가서 짐을 내려주고 국밥집에서 아침을 먹고 있는 외삼촌에게 비단장사 우철이 아버지는 왜 내 짐은 안 갖다주느냐고 따지면서 그때서야 도둑맞은 걸 알게 됐다니 참 일다기도 모를 일이다.

전날 임천 장에서 분명히 등짐으로 창고에 옮겨다 놓은 짐이 감쪽같이 사라진 것이다. 그다음 날이 강경장이라서 하루 쉬고 다음 날 아침 우철이 아버지가 장사 준비를 다 해 놓고 짐이 오기를 기다려도 오지 않았다.

다른 사람들은 장사를 시작하려고 짐을 풀러 옷걸이에 꿰어 옷을 진열하는데 자기 짐만 안 오더라는 것이다. 아무래도 이상하다 싶어 외삼촌을 찾아왔다는 것이다. 귀신이 곡할 노릇이었다. 그길로 한달음에 달려 창고에 와 봤으나 그 비단 짐은 없었다. 우마차에 밧줄을 단단히 매지 않아 어디서 떨어졌나 싶어 임천에서 이포 가는 길을 샅샅이 찾아보았지만 비단짐은 어디에도 없었다.

오며가는 길에 혹시나 풀숲이나 도랑에 빠지지나 않았나 계속 찾으며 다시 온 입포 장에서 비단장사 우철이 아버지와 막걸리를 사이에 두고 앉았다. 서로 별말이 없다가 외삼촌이 말했다.

- 우째야쓰것습니까.
- 나라고 무슨 뾰족한 수가 있나.
- 그러니까 어제나 그제 도둑이 들었다는 이야기인데.
- 자네는 정말 몰랐나.
- 짐을 싣고 내리면서 개수도 안 세나.

- 센다고 매일 아침저녁으로 세아리기는 하는데.

- 근데 참 이상하지. 그 많은 짐 중에 옷이나 건어물이 아니고 비단 짐 하나만 없어진 게 영 이상하다 아닙니까. 그게 제일 비싸고 돈이 된다는 것을 어찌 알았을까요.

- 내 말이 그 말이라.

- 하필 그 짐만 삐비 뽑듯이 그것만 가져갔느냐 말이다.

- 이런 이야기하기 뭐하지만 얼마나 물어줘야 하겠습니까.

- 글쎄다. 얼마나 될까. 비단. 광목. 삼베. 모시도 조금 있고. 일본에서 가져온 인견도 조금 있고. 이래저래 몇만 원어치는 되지 않겠나.

- 어매. 쌀이 10가마 값이 넘네요.

- 그러지. 솔찬히 될 것이구만.

- 그걸 한 번에 다 갚기는 어렵구만요.

- 그러겠지. 자네가 그 큰돈을 어디서 금방 구한다나.

- 그래도 장사는 해야겠고. 뭐가 있어야 장사를 하지.

- 강경이나 대전 도매상에 가서 사정 이야기를 하고 외상으로라도 물건을 떼어 와야 하지 않겠나.

- 쉬는 날이 언제지.

- 내일이구만요.

- 그렇지, 강경 장날은 이 지역 장꾼들은 장을 안 보지.

강경까지 자전거를 타고 가거나 버스를 타고 가서 강경나루에서 배를 타고 나루를 건너야 했다. 망개 벌에서 불어오는 바람이 너무 세서 갈대가 넘어지고 강물이 보를 넘어왔다. 사리 때에는 바닷물이 역류해 강으로 올라오고 그 물길이 부여 백마강까지 올라왔다. 임천의 칠산 평야는 바닷물이 역류해서 도랑을 타고 논으로 들어와 염해를 입곤 했다.

소금물에 한번 잠겼다가 빠지면 다 자란 벼가 누렇게 말라 죽어 갔다. 장항과 군산 사이 금강하구에서 바닷물과 만나는 금강은 농사의 젖줄이기도 했지만 바닷물이 역류하는 사리 때는 농민들이 물길을 막으려고 밤을 새웠다. 가뭄보다 장마보다 염해가 더 무섭다는 말이 있을 정도였다.

그러나 바닷물이 역류하면서 좋은 일도 있었다. 갯가에 살던 참게며 뱀장어가 강을 거슬러 올라 금강 가에 서식하면서 농민들은 실뱀장어를 잡아 팔기도 하고 참게를 잡아 장을 담가 내다 팔기도 했다. 해마다 주기적으로 범람하는 금강하구는 이집트의 나일강처럼 오래전부터 사람이 살아가기에 적당해서 새로운 문명을 만들고 백제의 수도로서 역할을 했다. 임천에서 남쪽으로 조금 가면 한산 못 미쳐 이포라는 포구가 있다. 나당연합군에 멸망한 백제의 의자왕과 왕족과 관리들이 배에 실려 중국으로 끌려가던 곳이다. 큰 배가 백마강까지 갈 수가 없어선지 금강하구에서 비교적 가까운 이포에서 나당 연합군에 의해 배에 태워져

중국으로 끌려갔다. 지금도 이포에서는 백제의 왕과
왕족들의 영혼을 위로하는 위령제가 해마다 열린다.

2.

성흥산
사랑나무

들판에는 보리가 익어 가고 논에는 모내기를 하기 위해 물을 그득그득 찰랑찰랑하게 담아 놨다. 하늘에는 조각달이 뜨고, 뺨을 쓰다듬는 햇빛과 바람이 한결 부드럽다. 녹음이 우거진 풍성한 가지 사이로 나무들조차 싱그러운 기운을 뿜어낸다. 새들의 지저귐은 발랄하고 날개 짓도 쾌활하다. 5월이다. 생명이 돌아오는 봄에도 떠날 것은 떠난다.

4월 초파일 며칠 전부터 임천면사무소 입구부터 대조사 초입까지 청사초롱이 걸리고 거리는 들떠 있다. 중선 어머니는 올해도 대조사에 가서 연등을 달을 것이다. 연등 꼬리에 가족들의 이름을 쓰고 적당한 곳에 걸어둘 것이다.

초파일 전날 밤 임천초등학교 운동장에 연등을 든 임천초등학교, 임천중학교, 학생들이 모여 연등행렬을 준비하고 있다.

임천초등학교에서 시작된 제등행렬은 임천장터를

한 바퀴 돌고, 임천초등학교를 거치고, 임천면사무소를 지나 대조사로 향했다. 부처님 오신 날 전날 저녁, 날이 어두워지면 부처님을 모신 트럭이 먼저 움직인다. 그 뒤를 코끼리, 연등, 부처님 형상 등 여러 가지 모형을 실은 차들이 서서히 길을 떠나고 맨 나중에 연등을 들은 학생들이 대조사를 향해 걸어갔다. 아이들이 신이 나서 왁자하게 따라나서고 어른들도 뒤질세라 연등을 들고 행렬을 따라 행진을 한다.

부처님 오신 날은 또 다른 임천 장날이다. 대조사를 중심으로 임천, 충화, 장암, 양화, 세도 장을 보는 장돌뱅이들은 전부 다 모여 한 해 장사가 잘되기를 이심전심으로 등을 밝히고 부처님께 두 손 모아 간절하게 빌었다. 장사꾼들은 저희끼리 따로 계를 묻어 공동으로 제를 지내고 등을 달았다. 동네 사람들도 그날 하루는 일손을 멈추고 깨끗한 옷으로 갈아입고 성흥산 밑에 대조사로 향했다.

대웅전과 몇 그루의 커다란 감나무 중간가지에 줄을 매었고, 그 줄에 연등이 주렁주렁 매달려 있다. 탑 주변 절 마당은 연꽃모양 등으로 온갖 종류의 연등으로 꽉 차 햇빛이 들어올 틈이 없어 그늘이 져 있었다. 너른 마당을 다 채우고도 넘쳐 절 뒤꼍에 있는 앉은뱅이 커다란 석불에도 줄이 매어지고 연등이 꽉 들어차 있었다. 그것도 모자라 절과 임전 읍내를 잇는 길가에도 연등이 주렁주렁 매달려 있었다.

밤이 되면 그것들은 하나하나가 양초 불빛을 받아 형형색색으로 빛을 내기 시작했다. 들판에는 보리이삭이 누렇게 익어 가고 키 큰 보리밭에는 초파일에 눈 맞은 청춘남녀의 머리가 보리이삭 사이로 보이다 말다 했다.

중선이도 어머니와 외할머니, 큰이모와 함께 비빔밥 한 그릇씩 받아들고 댓돌에 앉았다. 찬도 없고 고기도 없는 밥이었지만, 꿀맛이었다. 밥을 받아든 사람들의 표정이 밝고 흐뭇하다. 생활한복을 차려입은 아낙들이 분주히 여기저기 다니면서 사람들의 시중을 들었다.

스님의 법회가 시작되었다. 스님은 금강경 한 구절을 인용하며 착하게 살라 했다. 면장님의 훈시가 있었고, 중선 엄마를 비롯한 여성중창단이 부처님 찬가를 불렀다. 동네 잔치였다.

공식행사가 끝나고 사람들이 기다리는 가수가 무대에 올랐다. 사람들은 나무그늘 사이로 가 삼삼오오 짝을 지어 농사 이야기며, 집에서 키우는 짐승 이야기며, 시집간 딸 이야기로 하루해가 짧다. 더러는 몰래 숨겨온 소주나 막걸리를 먹는 축들도 있었지만 대개는 흡족한 마음으로 하루를 보냈다.

대웅전에 계신 부처님에게 손이 발이 되도록 빌기

로 작심하고 삼천 배를 올리는 신실한 불심으로 무장한 동네 사람들도 더러 있었다. 그네들은 동네에서 방귀 꽤나 뀌는 장사치들이나 논 섬지기나 짓는 부농들이었다. 가진 것이 많을수록 바람도 많은 법이니까.

중선은 절 마당에서 눈으로 혜미를 쫓고 있다. 혜미의 아버지와 어머니의 눈을 피해 만나야 한다. 혜미의 아버지는 장터에서 술만 마시면 온 동네가 떠나가도록 소리를 지르며 집으로 왔다. 그런 혜미 아버지한테 들키면 경을 칠 것 같았다. 그런데 이상하게도 혜미는 잘 보이지 않고 경옥이와 병호 형이 자꾸 눈에 들어왔다.

그 둘은 서로 마주 보고 웃기도 했고, 서로에게 손짓도 하면서 행복해 보였다. 병호 형과 경옥이가 같이 있는 게 이상할 건 없었지만 묘한 감정이 오고가는 것 같았다. 지난번에 대조사에 가는데 보리밭에서도 본 것 같았다. 그럴 리가 없다고 생각하면서도 꼭 경옥이 같아서 몇 번을 다시 보곤 했는데 이제 보니 그때도 경옥이가 틀림없었다. 경옥이는 지금 막 중학교를 졸업했고, 병호 형은 스물두 살 청년이었다.

시골에 집이 있는 학생들은 도시에 나와서 공부를 하다가도 휴일이나 일요일을 틈타 김치나 쌀 등 주식과 반찬을 가지러 오기도 하고, 용돈도 타러 오지만, 농번기에는 학생들이라고 한가하게 공부만 하고 있을

수는 없는 일이었다. 부엌의 부지깽이도 한몫을 한다
는 모내기철에 고등학교에 다니는 장정 아들이 집으로
돌아오기를 고대하는 건 아들을 둔 집안의 자랑이기도
했었다. 어른들은 조금이라도 일손을 덜어 볼 양으로
모내기나 추수를 하는 날을 일요일이나 휴일 날로 일
부러 골라잡았었다. 중선네 집에서도 예외는 아니어
서 그해 현충일에 중선네 집 모내기를 하기로 했다.

　중선네 집에 모내기가 있는 그날도 혜미의 부모가
우리 논에서 동네 사람들과 모내기를 하고 있었고, 어
머니와 함께 새참을 이고 온 혜미는 자기도 한번 해 보
겠다며 내 옆에서 서투른 솜씨로 모를 심었다. 서툴기
는 중선도 매한가지여서 어른들이 열 포기 이상 꽂을
때 서너 포기도 꽂지 못하고 못줄에서 뒤로 물러나야
했었다. 못줄이 옮겨지는 사이 발 뒤에 모쟁이가 날라
다 놓은 모찜에서 한 주먹 덜어내면서 아픈 허리를 펴
고 앞을 보면 우리가 심은 어린모들은 어딘가 달랐다.
옆에 있는 사람들이 중선이, 혜미가 지나온 자리를 가
리키며 자꾸 놀려 댔었다.

　- 어찌 이리 꼬불꼬불하냐.

　- 저 앞에 모 뜬 거 보거라. 둥둥 떠다닌다.

　- 우짜꼬, 우리 농새 다 버리것네. 어째야 쓸꼬, 어째야 쓸꼬.

　- 야들아 니들 오늘 돈 받기는 애 저녁에 글렀다.

- 그만 작파하고 집에 가서 어매 젖 더 먹고 오니라.

논에서 모심는 사람들 모두 누구랄 것도 없이 한마디씩 하는 통에 중선은 쥐구멍이라도 들어가고 싶은 심정이었다. 정말로 집에 가야 하나. 아님 그냥 뭉개야 되나. 고민을 하고 있었다.

- 괜찮다. 마 잘한다는 어른들 지나간 자리에도 며칠 지나면 뜬 모가 있다. 괜히 놀리려고 그러니 괘념치 말고 심궈라. 내가 며칠 있다 돌아다니면서 때우면 된다.

어느 날부터 혜미가 중선의 마음속에 들어와 있었다. 얼굴은 평범했지만 눈이 밝고 빛나서 영특해 보였다. 나이는 중선과 같았지만 학교를 1년 늦게 들어가서 같이 학교를 다니지 않아서 잘은 모르지만 참하고 착해 보였다. 모를 심는 일꾼들이 다 어른들인데 우리 둘만 어렸다. 하루 종일 붙어서 많은 이야기를 주고받았다. 둘은 고등학교를 못 가고 집에서 농사일을 돕고 있었다.

중선이는 지금도 고등학교 시험 날이 잊히지 않는다. 아침 일찍 밥을 먹고 집을 나선 중선은 강경으로 가서 시험을 보는 대신 집 앞의 논에서 얼음이 얼린 논바닥을 차고 있었다. 별 다른 이유 없이 강경으로 가는 버스를 타지 않았다. 이유는 모른다. 시간이 늦었다는 핑계를 댔을 것이다. 그러거나 말거나 엄마는 별말이 없었다. 시험 전날 윗집에 사는 선배와 강경상고에 가서 수험표까지 받아 놓고 시험을 보러가지 않았던 것이다. 돌이켜 생각해 보면 아직도 이해할 수 없다. 그 일로 해서 중선은 아주 먼 길을 돌아왔다.

혜미도 탄식처럼 말을 했었다.

- 집 마당에서 눈만 들면 보이는 고등학교 교정에서 놀고 있는 아이들을 보고 있으면 속에서 열불이 난다고, 그놈의 학교 불이라도 나서 다 타 버렸으면 좋겠다고 했다. 얼마나 가고 싶었으면 눈만 들면 보이는 코앞에 있는 고등학교에 못 가서 그렇게 애를 태웠을까.

웬만큼 사는 집안 친구들은 공주로 대전으로 유학도 가서 하숙도 하고 방을 얻어 자취도 하는데, 차비가 드는 부여에 있는 고등학교도 아니고, 집 앞에 있는 고등학교를 들어가서, 집에서 자고, 집에서 밥 먹고, 걸어 다니면 되는 그 가까운 고등학교를 갈 수가 없다는 게 노엽고 슬펐다고 했다.

혜미네 어머니는 집에서 두부를 만들어 팔아 생계를 유지하고 있었다.

중선이 아버지가 혜미네가 만들어 파는 두부를 좋

아해서 아침이나 저녁이면 조그만 그릇을 들고 두부 한 모를 사러 가곤 했다. 한겨울에도 혜미가 팔을 걷어붙이고 물속에 들어 있는 두부를 건져 올려 중선이가 가져간 그릇에 담아 주었다. 금방 한 두부를 두툼하게 썰어 묵은지에 싸 먹으면 입안 가득 고소한 맛이 진동했다. 그런데 두부를 만들기 위해서는 꼭 필요한 것이 물이었다. 그러나 혜미네 집에는 수도시설은커녕 우물도 없었다.

혜미네 집 근처에 있는 집들은 바위 위에 집을 지어서 샘은 고사하고 흐르는 물조차 없어서 아랫동네에서 물지게로 물을 날랐다. 함석으로 만든 물통에 물을 담아 물지게로 나르는 일은 아주 고역이었다. 매일매일 짐을 지고 설악산을 오르는 지게꾼처럼 좁은 돌계단을 아슬아슬하게 오르내렸다. 그런데 두부를 만들어서 판다는 것은 물을 물 쓰듯 해야 한다는 것이고 누구 하나는 아침저녁으로 하루 종일 물을 길어야 한다는 뜻이다. 누구든 그 집 식구 하나는 아래뜸에 사는 사람들 집으로 물 동냥을 하러 다니는 게 일이었다.

논은 고사하고 밭도 없어서 절 밑에 있는 밭을 빌려 콩을 심어 겨우내 두부를 만들어 팔아 다섯 식구가 입에 풀칠이나 하고 사는 주제에 아이들을 상급학교에 보내는 일은 애 저녁에 그른 일이었다. 거기다가 혜미가 아버지는 날이면 날마나 그서 술에 취해 온 동네기 떠나가도록 소리를 질러대는 날이 많았다.

사이렌이 울렸다. 오늘은 현충일이라 10시가 되니 오포가 온 마을에 울려 퍼졌다. 모심는 걸 잠시 멈추고 눈을 감고 묵념을 하고 있는데 옆에서 고개를 숙이고 있던 혜미가 중선의 옆구리를 찌르며 놀란 눈으로 자기의 다리를 들어보였다. 두 겹으로 덧신은 스타킹 위에 몸을 움츠리고 피를 빨고 있는 거머리가 보였다.

그걸 본 순간 온몸에 쪽 소름이 끼쳤다. 부르르 진저리를 쳤다. 손이 떨리고 있었다. 떼어 주기는 떼 줘야 할 텐데. 이를 악물고 눈을 부릅뜨고 흉물스럽고 미끌미끌한 그것을 떼려고 안간힘을 썼지만 그것은 여간해서 떨어져 주지 않았다. 겨우겨우 눈물을 찔끔거리며 떼어냈지만 차마 혜미를 볼 수가 없었다. 중선의 손이 심하게 떠는 걸 그녀도 보았을 것이다. 얼마나 겁이 많은지 알기나 한다는 듯 웃고 있는 혜미를 보며 중선은 절망했다. 조금 있으려니. 놀란 가슴을 진정도 하기 전에 온 동네를 깨우고도 남을 외마디 소리가 들렸다.

엄마야 하는 새된 소리와 함께. 얼굴이 하얗게 질린 혜미가 얼마나 놀랬던지 모내기하는 논바닥 흙탕물에 엉덩방아를 찧으며 내 바짓가랑이를 잡고 넘어졌다. 깜짝 놀라 혜미를 잡아 일으키려다 중선은 하마터면 기절할 뻔했다. 고개를 이리저리 움직이며 물뱀 한 마리가 빠르게 헤엄을 쳐서 달아나고 있었다.

짓궂은 동네 형이 거머리 한 마리 가지고 호들갑을 떠는 어린 것들이 미덥지 않고 볼썽사나웠는지, 물뱀의 꼬리를 손으로 잡아 혜미가 있는 쪽으로 던진 모양이었다. 혜미보다 더 놀랜 중선은 놀란 비루먹은 송아지 중구난방으로 뛰듯 흙탕물을 튀기면서 정신없이 뛰기 시작했다. 어지간히 사람들 사이에서 멀어졌다 싶어 돌아보니 모두들 와자하게 웃고 있었다.

중선은 정신없이 도망친 것이 부끄럽기도 하고 속옷까지 젖어 버린 것이 민망해 어디론가 사람들이 보이지 않는 곳으로 없어졌으면 좋을 성싶었다. 무엇보다도 혜미가 어떻게 생각할지가 걱정이었다.

아까 새참을 먹으면서 어렵게 말을 꺼내 오늘 정자나무가 있는 마당바위에서 만나기로 했는데…… 아무리 생각해도 어떻게 그 말을 할 수가 있었는지 지금도 스스로 믿어지지 않는다. 왜 그리도 가슴은 뛰고, 목이 막히던지 꼭 밤에 잠자리에 들었다가 일어나 찬 고구마를 몰래 먹다가 목이 막히는 것 같았다.

겨울이면 어머니는 저녁밥을 지으면서 밥물보다 물을 더 붓고, 고구마를 쪼개서 밥솥에 안쳐 고구마 밥을 했다. 그렇게 쪘어낸 고구마는 밥풀이 묻은 채 고슬고슬하게 소쿠리에 담겨 책상 밑이나 경대 위에 놓여 있었다. 밥 먹고 돌아서면 배고프던 한창 나이이고, 산식이 별로 없던 조무래기들에게 그것은 아주 달고 만난 주전부리였다.

그러나 그것도 몇 개를 먹고 나면 눈치가 보여 그만두곤 했는데 아직 남아 있는 소쿠리 속의 고구마는 입맛을 다시게 하기에 충분해서 잠이 올 리가 없었다. 해 짧은 겨울밤 저녁밥 먹은 지 서너 시간이 지나면 출출해서 뭐라도 먹고 싶은데 자려고 누워 있으면 배가 허전해서 잠이 오지 않았다.

불을 끄고 잠자리에 들었다가도 그 고구마 생각에 잠을 잘 수가 없어서 슬그머니 눈치를 보아 아버지가 잠들었다 싶어 고구마 한 개를 가지고 와서 이불을 푹 뒤집어쓰고 먹고 있을 때 아버지의 음성이 들린다.

- 얘야, 언칠라 일어나서 먹어라.

그때의 목마름과 민망함이라니……

- 중선아, 꼼지락 거리지 말고 얼릉얼릉 꽂아 오랑게. 해찰 부리지 말구.
- 오랜만에 일할랑게 대간하네요.
- 오모나 워쩌, 워쩌, 농새 다 베리겄네.
- 혼내지 말어. 기죽어.
- 오뽀소리. 나는 거 보니 중화참이구먼.

- 즘심들 자셔야지.

모 심던 사람들이 하나둘 점심이 차려진 데부뚝으로 나오고 있었다.

- 겅거니가 푸짐허구먼.
- 팍식은 홍애에 막걸리 한잔 걸치면 좋겄다.
- 게으른 놈 섣달 그믐날 낭구하러 간다고. 너갱이 빠질 놈. 모심다 말고 홍애는 무신 놈의 홍애여.
- 왜, 나만 갖고 그랴.
- 한가한 소리들 하구 있네. 마른갈이 물댈 생각혀, 미꾸리 잡을 생각 말구.
- 원판 덥네.
- 동하수는 경장히 글력이 좋구먼.
- 우덜 나이가 밥심으로 살 때가 된 거여.
- 시방 그런 소리 허덜 말어.
- 내오간이 나온 사람은 즘심 같이 먹겄네.
- 동하수 자네 자당어른이 오늘내일 함당서
- 오디가 편찬으신디.
- 노환이제 머 나이 먹었응게. 가야제. 기다릴 텡게.
- 어째 껄쩍찌근혀.
- 마른갈이 물은 다 댓남.
- 다랭이 모심을 때 소주밀식으로 쏨쏨히 질 심이.

49

중구난방으로 떠드는 소리를 뚫고 노랫가락이 들려왔다. 막걸리 배달꾼이 구성지게 노래를 뽑으며 논두렁 안으로 들어서고 있었다. 어머니가 주문한 막걸리 한 통이 배달되었다. 짐자전거에서 내려진 막걸리 통은 커다란 양푼에 담겨 일꾼들에게 한 잔씩 돌아갔다.

임천장내에 있는 주조장은 그 근방 몇 개면에서 술을 받아다 팔 정도로 규모가 컸다. 일하는 장정들이 여남은 명이나 되는 임천면 내에서 가장 큰 기업이었다. 술을 나르는 사람도 몇 명 있고, 술도가에서 나오는 술찌꺼기로 끼니를 연명하는 사람도 여러 명이다.

나무로 만든 커다란 수조에 막걸 리가 철철 넘치고 그걸 나무로 만든 배달통에 담아 짐자전거로 날랐다. 정육점에서나 고기를 걸 때 쓰는 커다란 고리를 이용해 자전거 양쪽에 술통을 매달고 뒤 짐칸에도 두 통을 더 싣고 그렇게 근동 면이나 고을로 배달을 나갔다. 임천 장날이면 그 술을 받아와 나주 댁은 막걸리와 머리 고기를 안주로 팔았다.

점심때가 되면 사람들은 장터에 있는 국밥집으로 몰려들어 소머리국밥으로 허기를 채우고 막걸리 한 대접을 마신 다음 트림을 하며 흐뭇한 표정으로 대폿집을 나섰다.

나주 댁 앞에는 술 취해 비틀거리는 아저씨들이 말싸움을 하거나 몸싸움을 해서 동네를 시끄럽게 했다.

그래도 그 시절 순경이 온다거나 지서에 잡혀갔다는 말을 들은 적이 없다. 그저 시간이 지나면 자연스럽게 흐지부지됐다.

혜미와 어린 시절을 보낸 중선에게 고향의 대조사를 거쳐 성흥산에 오르는 길은 특별한 의미를 지닌다. 집 뒤로 야트막한 언덕이 있고, 언덕에 연한 오솔길을 따라 오 리쯤 산을 오르면 성흥산 중턱에 대조사라는 조그만 절이 나온다. 대웅전 앞마당엔 오래된 감나무가 여러 그루 있었다.

고개를 들어 성흥산을 보면 커다란 바위를 안고 서 있는 사랑나무가 보였다. 성흥산 꼭대기 사랑나무 곁에 서면 바람의 신 아폴로가 사는지 그곳엔 항상 바람이 불었다. 시원한 바람을 맞으며 확 트인 벌판을 바라보면 멀리 칠산평야 너머 금강이 구불구불 누런 구렁이 담 넘어가듯 천천히 햇빛에 반짝이며 흘러간다.

중선은 혜미와 둘이서 늦봄이면 감꽃을 주워 먹기도 하였지만, 실에 꿰면 염주 목걸이가 되기도 했다. 그 목걸이를 목에 걸어 주면 서옥의 눈은 반짝반짝 빛났었다. 가을이면 나뭇잎들이 하나둘씩 떨어지고 할머니 손등같이 갈라진 감나무에 크고 맛있는 감이 바알갛게 익어 갔다. 동네 아이들은 홍시를 주우러 떼 지어 가곤 했었다.

중선이 어렸을 때만 해도 그 절의 수지는 내서숭이

었다. 감을 주우려고 새벽에 이슬 맞은 바라귀나 층층이풀 사이를 샅샅이 훑곤 했었다. 바라구 풀은 잎사귀 가장자리가 날카로워서 팔이나 장딴지를 곧잘 베었고 층층이풀은 잎사귀에 가시 같은 각질로 되어 있어서 얼굴이나 목을 찌르곤 했었다. 하지만 주먹보다도 크고 단 뾰족감 맛은 그런 아픔이나 옷이 젖는 것을 잊게 하고도 남았다.

그러나 무엇보다도 무서운 것은 주지의 부인이었다. 감나무 밑에 아이들이 보이면 성흥산이 쩌렁쩌렁 울리게 소리를 지르며 내달리기 시작하면, 아이들은 주운 감도 내 던지고 줄행랑을 쳐야 했다. 잡히면 볼기를 맞는 것은 말할 것도 없고, 감나무에 묶어 놓기도 했었다. 조무래기들이 아무리 조심한다고 해도 감 하나를 주우면 참을 수 없는 웃음이 나왔고 또래들은 그걸 시기하다가 목소리가 커져서 들키고, 난데없이 뱀이 나와서 자기도 모르게 소리를 지르면, 영락없이 대조사를 날카롭게 울리는, 아니 성흥산 전체를 들썩거리게 할 만큼 그 큰 목소리가 따라왔고 중선은 걸음아 날 살려라 줄행랑을 쳤었다.

혜미와 중선은 저녁을 먹고 나서 뒷재에 있는 느티나무 밑 너럭바위에서 만나기로 했다. 동네에서 약간 벗어난 그곳은 여름이면 노인이나 젊은이들이 모여 더위를 식히고 바둑과 장기를 두며 시간을 보내는 한적한 곳이었다. 그날 만나서 혜미는 경옥이 이야기를 했다. 경옥이가 병호 형하고 연애를 한다고 하면서 나이 차이가 많이 나는데 어떻게 가능한지 모르겠다고 했다. 하긴 뭐 별일이야 있겠냐고 하면서 혀를 찼다. 혜미는 앞으로 자주 만나자고 하면서 악수를 청했다.

뒷동산 느티나무가 있는 마당바위에서 중선은 아까부터 혜미를 초조하게 기다리고 있었다. 모내기를 마치고 논에서 맡아지는 사금내가 몸에서 날까 봐 몇 번이나 비누칠을 해서 몸을 닦았다. 달도 없는 밤에 풀벌레는 쉼 없이 울어대는데 혜미는 오지 않았다. 멍청하게 앉아서 혜미가 나타날 방향을 주시하고 있는데, 풀벌레 소리가 뚝 그치고 검은 그림자가 나타났다.

- 오래 기다렸지.
- 음, 조금.
- 이렇게 만나니 참 이상하다. 우리가 어른이 된 것 같애.

한참 앉아서 이야기를 하고 있는데 뭔가 이상했다. 너럭바위 저 밑으로 어떤 남자가 휘파람을 불며 왔다리 갔다리 하는 것이 아닌가. 혜미가 아무래도 우리 오빠 같다며 오늘은 그만 가자고 해서 집 앞에 와서 잘 가라는 말을 하려고 하는네, 싸리문에 시꺼민 그림자가 서 있었다. 그 그림자가 말을 걸어왔다.

- 혜미니?

혜미의 엄마였다. 중선은 뒤돌아서 뛰기 시작했다.
오쟁이네 집 뒤 대밭으로 해서 단숨에 집으로 내달렸
다. 옷을 벗고 누웠는데, 잠이 오지 않았다. 다시 옷을
주워 입고, 문을 나서려던 중선은 세차게 내리는 비와
맞닥뜨렸다. 여름밤의 장대비는 온 마을을 칠흑의 어
둠이 삼켰다.

아버지가 겨울에 입는 미제 군용 파커를 걸치고, 한
달음에 혜미네 집 앞에 왔다. 혜미의 방이 훤히 불이
켜져 있었다. 사립문이 닫혀 있었기 때문에 담을 끼고
돌아 뒤 곁으로 갔다. 담장 뒤로 들깨밭이 있었다. 중
선은 그 지독스럽게 오는 비를 다 맞으며 들깨밭에 엎
드려서 혜미네 집에서 흘러나오는 소리를 들었다.

- 너 그놈하고 굴속에 들어가서 무슨 짓을 했어. 바른대로
  말해.
- 아니야, 굴속에 들어가지도 않았고, 마당바위에서 조금
  앉았다 왔을 뿐이야.
- 바른대로 대지 못혀.

그러다가 말소리는 알아들을 수 없게 변했고, 퍽퍽 때리는 소리가 났다. 혜미는 울고, 혜미 오빠는 다시는 그런 짓 못 하게 혼 좀 나야 한다며 때리고 있었다. 들깨 밭에 웅크리고 있던 중선은 불현듯 일어나서 혜미의 집으로 달려가고 싶었다. 하지만 그건 마음뿐이었다. 우는 소리도 그치고 다그침도 잦아들고 희미하게 새나오던 불빛도 사그라졌는지 어둠뿐이었다.

집 앞 냇가에 빨래터가 있다. 어린 누이가 중학교에 다니는 중선의 운동화를 사시사철 빨던 그 빨래터. 가끔 그 냇가에선 어른들이 모여 돼지도 잡고, 개도 잡았다. 갑오새끼로 돼지를 잡아 몇 근씩 새끼줄에 묶어 집으로 향했다. 한여름엔 조무래기들이 모여 물장구도 치고. 밤에는 아낙네들이 치맛단을 걷어 올리고 첨벙거리며 물을 끼얹으며 까르르까르르 웃음소리가 낭자했다.

개울을 따라 성흥산 쪽으로 오르다 보면 포강이 나오고 조금 더 가면 대조사에 닿았다. 저녁 어스름에 스님이 치는 북소리를 들으며 미륵불을 지나 성흥산으로 오르는 길을 따라가다 보면 달이 떠오른다. 어둠이 내린 산은 그저 전설 속에만 있는 현실에는 없는 세상 같다.

세월의 때가 묻는다고 해서 아무것이나 진벌이 되

는 것은 아니다. 모든 전설에는 전설 속에만 감돌고 있는 드라마와 신화가 있다. 바로 이 격렬한 드라마가 신비의 베일을 걸치면서 전설 속으로 잠겨 간다.

며칠 후 냇가 그 빨래터에서 걸레를 빨고 있는 혜미를 만났다. 저녁나절이면 중선이 산책한다는 걸 알고 걸레를 빤다는 핑계로 나오기를 며칠째라고 했다.

- 혜미야, 내일 부여에 가자.
- 구드래 나루에서 만나자.
- 부소산도 가고 영화도 보자.
- 극장에서 하춘화 쇼 한다고 하던데 이주일이가 사회 본대.

중선은 어머니 아버지가 없는 틈을 타 광에서 벼 두 가마니를 담아 리어카에 싣고 방앗간으로 내달리기 시작했다. 용돈이라고 받아 본 일이 없는 중선은 그렇게라도 해야 용돈을 쓸 수 있었다. 혜미를 만나 점심도 먹고 부소산도 가고 하춘화 쇼도 보려면 이 방법밖에 없었다. 어쩌다 한번 품 판 돈으로는 담배 사기도 모자랐다.

임천에서 부여 가는 버스를 탔다. 차창 밖으로 보이는 유월의 산은 참으로 심심하고 밋밋하다. 가을 산의 화려함도, 겨울 산의 탈골된 비장미도 없다. 그저 푸르름뿐이다. 비가 거세지고 있었다. 어디선가 진한 밤꽃

냄새가 났다.

밤꽃의 불투명한 연둣빛과 대나무 새순의 투명한 연둣빛은 초록의 산허리를 유연한 번지기로 우려 놓고 있었다. 성흥산 한쪽, 계곡 가까이 조그만 터를 일구어 가꾼 밭에는 보리가 익어 가고 있었다. 논에는 갓 모내기한 어린 벼들이 논물에 몸매를 비추며 연한 연둣빛으로 어른거린다.

부여읍내 차보에서 내려 굿드레 가는 길로 접어들자 새카만 교복을 입은 일본 여학생들이 떼를 지어 쉴 새 재잘대며 앞서가고 있었다. 저네들은 일본에서 비행기나 배를 타고 수학여행도 오는데 혜미와 중선은 돈이 없어서 고등학교도 다닐 수 없다는 생각이 들었다. 야간고등학교라도 들어가든지 검정고시라도 봐야 할 것 같았다. 중선은 왜 그 시험 날에 강경상고에 가지 않았을까. 알다가도 모를 일이었다. 구드래 나루에는 황토 배들이 일본 여학생을 그득그득 태우고 강을 거슬러 올라 고란사 쪽으로 가고 있었다. 조금 있으니 혜미가 왔다. 같은 차를 타고 부여에 왔으면 좋았을 것을 남들 눈 때문에 앞서거니 뒤서거니 다른 버스를 타고 왔다.

중선은 초등학교 5학년 때 부여 고란사로 수학여행을 왔었다. 그 몇 푼 안 되는 수학여행 경비를 돈이 없어 못 보낸다는 아버지 말에 뒤꼍에서 밥노 안 먹고 울며불며 얻어낸 여행이었다. 그런데 하나도 기억이 안 나고 생천 처음 온 거 마냥 낯설고 물설었다.

헤미와 중선은 부소산 입구에서 표를 사고 삼충사 쪽으로 길을 잡았다. 삼충사는 백제시대 충신이었던 성충, 홍수, 계백을 기리기 위해 지은 전각이다. 매년 백제 문화제가 시작되면 이곳에 와서 제를 지내고 축제를 시작한다. 무수히 많은 들꽃이 핀 나무 무성한 길을 따라 걸으면 영일루가 나오고 조금 더 가면 군창지가 나온다. 이곳은 백제시대 군사용 곡식을 저장하던 곳으로 지금도 땅을 파면 까맣게 탄 곡식 알곡이 나온다. 어려서 수학여행 왔을 때 이곳에 들어가 곡식을 캐던 기억이 났다. 친구 하나는 누군가 태워서 가져다놓은 거라며 1500년 전에 묵었던 벼와 보리가 지금도 있을 리가 없고 순 사기라 했었다.

반월루에서 중선과 헤미는 고란사 초입에 다다랐다. 고란사는 깎아지른 절벽과 백마강 사이에 좁은 땅에 절간이 그야말로 에누리 없이 들어선 오래된 절이었다. 절 뒤로 돌아가면 우물이 하나 있는데 그 우물 벽면 바위틈에 독특한 모양의 풀이 자라는데 그것이 유명한 그 고란초다. 물을 한 바가지 퍼서 훌훌 불어 헤미에게 먼저 권했다. 의자왕에게 물을 떠서 바치던 시녀가 물위에 고란초 잎 몇 개 따서 물위에 띄워 천천히 마시게 했다는 말이 생각나서 중선도 그러려고 했는데 손대지 말라는 커다란 경고문이 붙어 있었다.

- 중선이 너 지금도 시 쓰냐?
- 무슨 소리야. 시라니?
- 왜 중학교 다닐 때 교내 시화전에 낸 고란초라는 시가 있
  었잖아.
- 그걸 네가 어떻게 기억해. 국어시간에 공주사대 졸업하
  고 우리 학교에 처음 온 국어선생이 있었잖아. 그 선생이
  문학반 지도교사였는데 뜬금없이 시를 쓰라 해서 처음
  써 본 시가 고란초였지.

나중에 시화전이라고 해서 과학실에 가 보니 벽에
떡하니 걸려 있어서 좀 당황했던 기억이 났다.

- 이웃집 사는 친구가 쓴 시라서 기억이 나는데 지금도 다
  외우고 있다. 쪼매 있어 봐라. 내가 한번 읊어 볼게. 틀려
  도 웃지 말고.

그러더니 진짜 조그맣게 읊조리며 그 글을 외우는
거였다.

고란초
암자 뒷벽에 없는 듯 피어난 정란은

죽순 닮은 여인의 넋이련가.
낙화암 깊은 수심에 꽃물이 흐르고
낯 익은 아이 하나가 찔레꽃 낯빛으로 서 있다.

울타리 밑에서 우리 집이 흔들리고
순라 꾼의 방울소리 들려와도
소정방이는 장승처럼 움쩍도 않는다.
노을이 숨넘어가고 누워 있던 강은
쓰러지는 산 울음으로 징징거리는데
핏덩이 같은 너 하나만 남았구나.

하도 신기해서 멍하니 바라보고 있는데, 다 외운 혜미는 배시시 웃으며 수줍어했다. 그 모습이 어찌나 예쁘던지 가슴이 다 콩닥거렸다. 저 조물닥거리는 입술에 뽀뽀를 하고 싶어졌다. 어떻게 하면 뽀뽀를 할 수 있을까. 그냥 머리를 두 손으로 잡고 앞으로 당겨 쪽 하고 입을 맞추면 되지 않을까. 그러다가 토라져서 다시는 만나지 않는다고 하면 어쩌나. 준비할 시간을 주고 분위기를 띄워야 하나. 어떻게? 온 머릿속에 키스하는 생각으로 가득차서 허둥거리는데.

　- 너는 커서 뭐가 될래.

혜미가 정색을 하고 내 눈을 바라보며 물었다. 혜미의 눈에는 호기심이 가득했다.

중선은 당황하며 더듬더듬 말했다.

- 한 번도 뭐가 되겠다는 생각을 해 보지 못했는데.
- 그래, 한 번도 생각을 안 해 봤다고. 시인이 돼라.
- 시인, 시인이라.

중얼거리며 혜미의 붉은 입술을 뚫어지게 보았다.

중섭은 시인이라는 말에 시인이 뭔데 하는 생각이 먼저 들었다. 요즘 중선이 하는 일이 책을 보는 일이기는 했다.

중선네 집 사랑방에 먼 친척뻘 되는 중학교 영어선생이 세 들어 살고 있었다. 대학을 갓 졸업한 그 누나는 참 예쁘고 싹싹했다. 어느 날 그 누나 앞으로 소포가 왔다. 삼성출판사에서 나온 세계문학전집이라고 쓰인 소포였다.

1번이 '스탕달의 적과 흑'이었다. 요즘 그 책들을 몰래 빌려다 보고 가져다놓기를 반복하고 있었다. 문을 따고 몰래 들어가 책을 한 권씩 보는데 세 번째인가 네 번째인가 책을 가지러 들어갔는데 박스에 있어야 할 책이 문 앞에 있었다. 살강 밑 서랍에 방 열쇠가 있어서 문을 열고 들어가 책을 꺼내오곤 했는데 책이 문 앞에 있다니 들킨 것이었다.

그 누나가 다른 학교로 전근 가기 전까지 1년여 동안 그 세계문학전집 100권을 처음부터 끝까지 다 읽었다. 혜미를 만나고 온 날부터 중선은 뭔가 조급해지기 시작했다. 농사짓고 살지 않고 시인이 되려면 고등학교는 다녀야 할 것 같은데 집 앞에 있는 고등학교는 못 갈 것 같았다. 바로 밑에 여동생이 벌써 고등학생이 되어 있었던 것이다.

- 혜미야 나 마산에 가야 할라나 모르것다.

- 마산이 어딘데. 마산은 왜 가는데.

- 경남 마산 모리나.

- 가 봤시야 알제.

- 며칠 전에 신문에서 보니까 현대양행이라는 데서 직업 훈련생을 모집하더라. 1년 훈련과정을 마치면 그 회사에 취직도 된다더라. 취직이 되면 야간고등학교라도 다녀야겠다. 네가 말한 시인이 되려면 고등학교는 나와야 하지 않겠나. 부여 사는 신동엽 시인도 전주사범 나와서 선생질 하면서 시를 쓰데. 금강이라는 시를 읽어 봤는데 쥑이는 기라. 나도 이제 하고 싶은 일이 생겼는데 여기서 이렇게 천자문이나 쓰면서 세월을 보낼 수는 없다.

- 와 진짜 시인이 될라고.

- 왜, 하지 마까.

- 아니다. 해라. 호랑이를 그리기 시작해야 고양이라도 그리지. 언제 갈 건데.
- 내일 모레. 가서 원서 접수하고 와야지.
- 우편으로 해도 되지 않나.
- 여행 삼아서 한번 가 볼라고.

경옥이 임신을 했다. 경옥이 어머니가 알게 되었고, 아비가 누구냐고 해도 말을 않던 경옥이는 아버지의 채근에 할 수 없이 병호 오빠라고 했다. 밤새워 고민하던 경옥이 엄마는 경옥이를 데리고 산부인과에 갔다. 의사로부터 임신이 확실하다는 말을 듣고 그 자리에서 한 치의 망설임도 없이 애를 지워 달라고 했다.

- 애 아버지의 동의가 있어야 가능한데요.
- 그깟 놈의 동의는 무슨 동의입니까.
- 애 어머니인 내가 결정할 수 있는 거 아닙니까.
- 아닙니다. 절대적으로 애 아버지의 의사가 중요합니다.
- 그리고 경옥 양의 의견도 들어야 합니다.
- 저것은 그냥 낳겠다고 난리인데 어떻게 설득을 한단 말입니까.
- 본인 의사와 애 아버지 의사 없이 중절수술을 하면 법에 저촉됩니다. 제가 책임을.
- 그러면 앞길이 구만리인 내 딸은 어떻게 합니까.

- 아무리 그러셔도 애 아빠 동의가 있어야 수술을 할 수 있습니다.

- ……

- 애 아빠는 어디 있습니까.

- 모릅니다. 집도 절도 없고, 지 애비, 지 애미도 모르는 놈입니다. 외할머니 손에서 큰.

- 아이를 잘 다독여야 합니다. 잘못하면 큰일 납니다. 따님을 자꾸 다그치면 다른 맘을 먹을지도 모릅니다. 그 무엇보다도 따님이 제일 중요하지 않습니까. 인생이라는 긴 여정에서 보면 미혼모도 별거 아닙니다. 요즘은 시집 안 간 처녀도 공개적으로 정자은행에서 정자를 기증받아 아이를 낳는 세상입니다. 물론 아버지가 누군지도 모르고 말입니다. 그런데 따님은 애 아빠를 사랑해서 아이가 만들어진 거 아닙니까. 그것만도 축복일지 모릅니다. 그러니 한 발짝 물러나서 생각해 보시고, 아이를 위해 무엇이 최선인지 고민해 보시기 바랍니다. 이제 겨우 8주 되었으니 앞으로 시간은 많습니다. 어려우시겠지만 우선 따님의 남자친구를 만나서 어떻게 하겠다는 건지 물어봐야 할 것 같습니다. 그리고 결정해도 늦지 않습니다.

그 시간 병호 형은 절에 가 있었다. 경옥이 엄마를 만나고 바로 충화 오덕사로 왔다. 주지스님과 아는 사이로 가끔 와서 며칠씩 지내고 가던 절이었다. 경옥이 엄마는 경옥이 임신 사실을 알고 병호 형을 불렀다. 경옥이 집에 가니 방안 가득 친척들이 와 있었다. 그들의 눈에서는 멍석말이라도 하고 싶은 분노가 읽혔다. 무릎을 꿇고 앉은 병호 형은 같이 살게 해 달라고 애원했다. 어림없는 일이었다. 맞아 죽기 전에 그 집에서 나오는 것도 쉽지 않을 것 같았지만 경옥이와 같이 살고 싶었다. 외할머니 빼고는 피붙이 하나 없이 살아온 세월이 주마등처럼 지나갔다. 그저 경옥이와 배 속의 아이를 낳고 알콩달콩 한세상 살고 싶을 뿐이다. 그러려면 이 고비를 넘겨야 하는데 그럴 거 같지가 않았다.

며칠 후 병호 형과 경옥이는 임천에서 사라졌다. 서울로 갔네, 대전에서 보았네, 바람처럼 떠도는 소문을 듣고 경옥이 엄마는 미친 듯이 찾아다녔지만 혼자 돌아오곤 했다.

3.

염원

중선은 마산의 현대양행 직업훈련소에서 훈련생을 모집한다는 신문기사를 보고 시험에 응시해서 면접을 보고 며칠이 지나 합격통지를 받았다. 몇 월 몇 시까지 회사로 오라는 연락을 받고 짐을 꾸려 집을 나섰다. 난생처음 먼 길을 떠나는 중선에게 엄마는 차부까지 따라 나와 드링크 하나와 피로회복제 한 알을 건네며 말했다.

- 몸조심하거라.

임천에서 출발해 부여 대전을 거쳐 마산에 이르는 길은 참으로 멀고 멀었다. 태어나서 그렇게 멀리 와 본 것은 처음이었다. 그만큼 집에서 멀어졌다는 말이다. 이제 홀로 서야 한다는 말이고.

직업훈련소에 입소해서 다음 날부터 6개월간의 훈련소 생활은 고됐다. 새벽 6시에 일어나 점호를 마치고 2킬로미터 구보를 했다. 8시에 아침을 먹고 9시부터 12시까지 이론수업을 마치면 오후에는 실습을 했다. 각종 중장비 엔진을 분해해 놓은 실습장에서 교사의 지시에 따라 엔진을 분해하고 조립하는 과정을 끊임없이 반복했다.

각종 중장비를 조립하고 생산하는 공장에서 필요한 인력을 자체 직업훈련소에서 가르쳐 현장에 투입하기 위해 만들어진 곳이었다. 많은 청장년들이 입소해 소정의 교육을 마치면 현장에 바로 투입되었다. 거기서도 서열과 학력이 적용돼 적응하지 못하고 중간에 낙오하는 사람들이 많았다. 인홍이와 중선은 운 좋게도 훈련과정을 통과했다.

여기서 인홍을 만났다. 인홍은 120명이나 되는 훈련생 중에 유일하게 나이가 제일 어리고 중선과 동갑이었다. 전남 강진에서 온 이 친구는 아주 독실한 크리스천이었다. 나중에 이 교회 다니는 문제로 예수만큼이나 공장생활에서 핍박을 받지만 꿋꿋하게 굴하지 않고 자기 길을 가는 멋진 친구였다. 훈련생 중 나머지는 전부 다 군대를 제대하거나 방위를 마치고 온 건장한 청, 장년들이었다.

훈련소에서 한날은 머리를 귀가 다 나오게 깎고 오라는 명령이 내려졌다. 이발소를 다녀온 인홍이는 귀가 한쪽 통째로 없었다. 긴 머리카락에 가려졌던 상처가 짧아진 머리로 인해서 선명하게 드러났다. 빈센트 반 고흐가 고갱과의 말다툼 끝에 한쪽 귀를 자른 것처럼 그렇게 싹둑 귀가 없었다. 그런 인홍을 보고 놀리는 축도 있었지만 애써 외면하고 아는 체하지 않는 것이 예의 같아 중선은 거기에 대해 물어보지도 궁금해하지도 않았다.

훈련소에 있을 때는 기숙사에 있었으나 훈련소를 마치고 중기사업부에 배치되고 나니 기숙사를 주지 않아 마산에다 월세 방을 얻어야 했다. 인홍이와 중선은 마산역 앞 동네인 석전동에 방을 하나 얻었다.

방을 얻고 나서 며칠이 지나지 않아 인홍이는 중고 카세트 녹음기를 하나 사 왔다. 그걸로 음악을 들으려고 하는 줄 알았더니 인홍이는 어느 날부터 방송통신 고등학교 강의를 듣기 시작했다. 1학년을 마치고 휴학했었는데 이제 직장도 잡고 생활이 안정되었으니 복학해서 방송통신강의를 들어야겠다는 것이다.

- 인홍아, 몇 시부터 몇 시까지 강의를 하는데.
- 밤 10시부터 시작해서 11시까지 해.
- 나도 사실은 고등학교를 못 다녔어.
- 그래, 그러면 마산공고에 야간반이 있더라. 거기 다니면 되겠네.
- 직장 다니면서 그게 가능할까.

- 그럼 되지. 우리 회사에 야간 고등학교 즉 산업체 특별학급에 다니는 친구들도 있고, 경남대학교 야간에 다니는 사람도 몇 명 있어.
- 산업체 특별학급이 뭔데.
- 마산공고 야간학급을 그렇게 부르는 것 같아. 우리 회사에도 몇 명 있어. 거기 다니는 학생들이.
- 그들도 회사에서 편의를 봐주나.
- 보통은 오후 6시에 퇴근하잖아, 그런데 오후 5시쯤 퇴근해서 식당에서 밥 먹고 통근버스나 시내버스를 타고 학교에 다니는 것 같던데.
- 그래 어떻게 하면 갈 수가 있는데.
- 해마다 12월인가, 언제 모집공고가 난대. 일반 고등학교 입학 절차와 같대. 학교에 원서 내고 합격하면 회사에서 학비도 대주고 편의를 봐주나 봐. 박정희 대통령의 특별 지시라고 하던가. 해서 함부로 못 한대. 몇 달 안 남았네. 빨리 알아봐.

중선은 가슴이 뛰기 시작했다. 중선은 어이없는 이유로 고등학교에 가지 못했다. 중선이 고등학교를 진학하던 시기에 동네에 같은 또래의 아이들이 20명이 넘었다. 여학생 중 대부분은 중학교를 마치고 학업을 중단했다.

고등학교에 들어간 아이들 중에도 많은 집인 시정

으로 고등학교 졸업을 포기했다. 그러나 중선은 집이 그리 가난하지는 않았다. 중학교 2학년 때 아버지가 돌아가시고 어려움이 있었지만, 농사체도 있고, 장리도 놓은 것이 있어서 고등학교를 못 다닐 정도로 가난하지는 않았다. 부여고등학교, 논산농공, 강경상고 등 집 주변에 있는, 통학을 할 수 있는 고등학교 입학원서를 다 사다 놓고 학교에 가서 담임 선생님에게 원서를 써 달라 하니 웃으면서 이걸 다 쓰냐고 했다. 그래서 중선은 어디로 갈지 정하지 못해서 원서를 여러 학교에 가서 사 왔다고 했더니 마지못해 그냥 써 주었다.

그날 밤 부엌 아궁이 앞에 앉아 고민을 시작했다. 부여고등학교는 인문계고등학교라서 대학을 가야 하는데, 우리 집이 대학을 보낼 만한 그런 형편이 되는지는 몰랐다. 그리고 중요한 것은 그 동네에 대학에 다니는 선배들이 하나도 아는 사람이 없었다. 나중에 알고 보니 공주 교대에 다니는 사람이 한 명 있었다. 하지만 나이 차이가 너무 나서 도움이 되지 않았다.

내성적인 중선은 친구들하고도 고등학교 진학문제에 대해 이야기를 주고받은 적이 없었다. 시골 중학교 졸업반 학생에게 대학은 한 번도 들어 본 적이 없는 낯선 다른 나라 이야기였다. 그렇다고 글씨도 모르는 어머니하고 상의할 일은 더 더욱 아니었다. 어머니는 그저 알아서 하라는 듯 별말이 없었다. 고민하던 중선은 부여고등학교 입학원서를 아궁이에 넣었다. 1분도 채 되지 않아 중선의 대학이나 더 나은 곳으로의 진학은 불타 사라졌다.

두 번째로 논산농공. 논산에 있는 농업고등학교와 공업고등학교가 같이 있는 고등학교는 어쩐지 낯설고 거리가 멀어 보였다. 20분쯤 생각하다 아궁이에 넣었다. 이번에는 더 짧은 시간에 불길에 사라졌다. 마지막으로 남은 강경상고로 가기로 정했다.

시험 보기 전날 임천에서 버스를 타고 강경나루에 도착해서 배를 타고 강을 건너 강경상고에 찾아가는데 강바람 어찌나 차던지 불알이 다 얼어붙었다.

배를 타고 건너서도 한참을 걸어가 학교에 도착해서 수험표를 교부받고 입학시험 볼 때 주의사항을 듣고 집으로 돌아왔다. 다음 날 새벽 엄마가 깨우는 소리에 일어난 중선은 엄마한테 짜증을 부리기 시작했다. 너무 늦게 깨웠다는 이유로.

아침밥을 먹고 교복을 입고 운동화를 신고 토방을 내려서는데 불길한 예감이 스쳤다. 10년이 지난 지금도 그 묘한 감정이 온몸에 감전된 듯 전해 오면서 가슴이 벌렁거린다. 그날 결국은 강경 가는 버스를 타지 못했다. 그날 그 일로 중선의 인생이 얼마나 많이 돌아왔던가를 생각하면 중선이 인생에서 가장 되돌리고 싶은 순간이었다. 제발 그 버스를 탔더라면. 아니면 사전거라도 타고 갔어야 됐다. 그렇지 않으면 택시라도 잡아타고 시험장에 갔으면 얼마나 좋았을까. 몇 년을 두고 후회하고 또 후회했지만 소용없는 일이었다.

중선은 매사 고등학교를 가지 못한 열등감에 모든 일에서 최우선이 고등학교를 가는 것이 되었다. 교련복을 입고 학교에 가는 친구들이 왜 그렇게 부럽던지. 눈물이 날 지경이었다. 그런데 왜 다음 해나 그다음 해에 집 앞에 있는 고등학교에 진학하지 못했을까. 까짓 1년이나 2년 늦었다고 세상이 뒤집어지는 것도 아닌데. 참으로 알다가도 모를 일이었다.

남들은 고등학교를 졸업하고 군대 가는 나이에 고등학교를 다닐 수 있을까. 잠시 생각하다가 그건 입학을 하고 학교에 다니면서 생각해도 늦지 않을 것 같았다.

중선은 다시 꿈꾸기 시작했다. 시인이 되어야지. 아니 시를 한번 써 보고 싶다. 그러려면 대학 국문과나 문예창작학과에 가야 했다. 혜미와의 약속도 있고.

혜미는 아직도 시골에 있었다. 지난번 편지에는 날 좀 어딘가로 데려가 달라는 하소연이 담겨 있었다. 맨날 똑같은 일과에 지쳐 가는 것 같았다. 중선은 마산에 올 수 있겠나 하고 답장을 보냈었다. 마산엔 수출 자유지역도 있고 섬유공장도 많아서 취직하기는 어렵지 않았다. 마음만 먹으면 어디든 들어갈 수 있다고 알려

주었다.

중선이 살고 있는 집 주위에도 한일합섬이 있었다. 박정희 대통령이 와서 직원들을 만난 자리에서 한 여공에게 소원이 뭐냐고 물었더니 그 공원이 학교에 다니는 게 소원이라고 말했단다. 그 말을 들은 박 대통령은 즉석에서 사장에게 학교를 만들어 보라고 했단다. 그래서 만들어진 게 산업체 특별학급의 효시가 되었다고 한다. 직원이 2만 명이나 되고 회사에서 운영하는 중고등학교도 있어서 혜미에게는 적당한 것 같아서 소개를 했더니 좋다고 했다. 주소를 알려 주고 입사원서를 내보라고 했다. 그 회사는 덩치가 커서 그런지 상시적으로 모집공고를 내는 것 같았다.

며칠 있으니 혜미가 취직이 되었다며 마산에 갈 거니 고속버스 터미널에 마중 나올 수 있느냐는 편지가 왔다. 고속버스 터미널에서 만나 택시를 타고 한일합섬에 도착했다. 저녁에 만날 것을 약속하고 헤어졌다.

집은 기숙사에서 살면 되고 일은 천천히 배우며 적응하면 될 터였다.

- 고등학교에 들어가는 게 목표니까 몇 달 있으면 새 학기가 시작되니 무조건 들어가야지.
- 이번 학기에는 안 될 수도 있으니 너무 조급해하지 말고 느긋하게 기다려 봐. 학교에 들어가려는 사람들이 엄청

많단다. 학비도 주고 교복도 주고 일을 하면서 학교에 다니니 얼마나 좋겠어. 덤으로 학력도 인정해 주지.

- 아까 회사에 잠깐 갔는데도 교복을 입고 수업을 들으러 가는 여학생들을 보며 얼마나 부러웠는지 몰라. 물어보니 일도 3교대로 하고 수업도 3교대로 한다는데. 일하면서 공부하는 건 어렵지 않을 것 같아. 열심히 살아야지 뭐.

- 그래 고등학교 졸업하고 무얼 할지도 고민해 보자.

- 아직 고등학교도 입학하지 않았는데 그다음이라고.

- 나는 요즘 그 고민이 많아. 내년이면 3학년이고, 군대도 다 해결되고, 공장도 그만 다녀도 되고. 여러 가지로 생각할 게 많아.

- 네가 하고 싶은 대로 해. 대학은 어디로 갈려고.

- 갈 수만 있다면 서울로 가고 싶어. 서울예전이라는 전문대에 문예창작과가 있대. 거기 가면 시 쓰는 걸 배울 수 있어. 아니면 대전에 있는 대학 국어국문과 이런 데 가고 싶어.

- 너는 기숙사에 있어? 자취하고 있어?

- 방 하나 얻어서 자취하고 있어.

- 그럼 쉬는 날 놀러 가도 되겠네. 친구하고 같이 산다고 했던가?

- 응. 같은 회사 다니는 친구하고 같이 살아. 그 친구는 조금 있으면 방을 나갈 거 같아.

- 왜. 따로 살려고.

- 아니 신학대학을 가고 싶어 하는데 광주에 있는 학교라 합격하면 광주로 가겠지.
- 너하고 같은 학교 다녀?
- 아니 방송통신고등학교 3학년이야.

직업훈련소를 마치고 현장에 투입된 중선과 인홍은 고된 일과를 소화하게 됐다. 몇 주일의 인턴기간이 끝나고 본격적으로 생산라인에 투입되자 인홍에게 심각한 문제가 생겼다.

인홍은 직업훈련소를 마치고 중기사업부 포클레인 조립부에 배치되었다. 중선은 기계가공부서의 드릴링조에 배치되었다.

일이 손에 익어 갈 즈음부터 인홍과 반장과 조장과의 사이에 갈등이 시작되었다. 인홍은 방송통신고등학교를 마치는 대로 광주나 대전으로 가 신학교에 진학해서 목사가 되는 것이 꿈이었던 독실한 기독교인이었다. 모든 일의 첫 번째 순위에 교회가 있는 청년이었다.

모든 행동거지가 바르고 성경말씀대로 살려고 노력하는 친구였다. 그런데 회사에서는 평일은 잔업을 강요했고, 일요일은 특근을 밥 먹듯이 했다.

다른 직원들은 잔업이나 특근을 서로 하려고 난리인데, 왜냐하면 특근이나 산업을 하면 시급으로 계산

해서 150%의 임금을 주기 때문이었다. 하지만 인홍으로서는 돈보다는 교회 가는 것이 더 중요했다. 타협할 수 없는 일이었다. 수요일은 잔업을 마다하고 교회에 갔고, 일요일은 특근을 하지 않고 교회에 가서 하루 종일 살다시피 했다.

중장비 조립 라인은 여러 명이 한 조가 되어 여러 가지 일을 한꺼번에 해야 하는 특성상 조원 한 사람이라도 빠지면 일이 진척이 되지 않았다.

거대한 도자나 포클레인의 부품을 천정크레인으로 옮겨 조립하는 과정에 여러 명의 팀원이 유기적으로 작업을 해야 성과가 나는데 인홍이 빠짐으로써 일이 진척이 안 되어 반장이나 조장이 그 일을 해야 했다.

참다 못 한 조장이 자꾸 잔업을 빠지면 다른 부서로 내치겠다고 최후통첩을 했고, 그래도 인홍이 잔업이나 특근을 하지 않자 인홍을 용접하는 부서로 발령을 내버렸다. 그곳은 혼자서도 일을 할 수 있는 곳이었다.

그러나 그곳은 인간한계를 시험하는 곳이었다. 온몸을 가죽으로 된 작업복으로 감싸고, 보안경이 달린 안전모를 쓰고 1200도가 넘는 용접불꽃과 사투를 벌여야 하는 곳이었다. 여름에는 몸에 물집과 땀띠로 범벅이 되는 아무도 가고 싶어 하지 않는 유형지 같은 곳이었다. 그러나 그곳에서도 인홍은 오래 버티지 못하고 더 열악한 곳으로 발령이 났다. 공장 구석에 있는 페인트를 칠하는 곳으로 배치됐다.

온몸이 페인트로 범벅이 된 인홍은 하소연을 했다. 밥을 먹으러 식당에 가도 페인트 냄새가 따라다녀서 반찬을 먹어도 맛을 모르겠다며 울먹였다. 한여름에 두꺼운 작업복을 입고 안전모를 쓰고 보안경을 쓰고 페인트를 칠하고 나면 숨 막히는 더위가 사람을 질식 시킬 것 같다고 하소연을 했다. 집에 와서 샤워를 하면 그날 페인트 작업을 한 색깔이 코와 입에서 울컥울컥 묻어나온다고, 반은 울며 반은 웃으며 말을 했다.

인홍은 반장이나 조장에게 발령의 부당성에 대해 항의를 했지만 돌아오는 대답은 싸늘했다. 회사에 도 움이 안 되는 사람을 봐줄 만큼 여유가 없다고. 제품검 사나 한직으로 이직을 원했지만 그것도 여의치 않아 힘들어하면서도 먹고살기 위해 다니고 있었다. 1년만 참으면 어차피 마산에 있지 않을 거라며 이를 악물고 버티고 있었다.

한 달 벌어 한 달 살고 나면 다음 달 월급이 없으면 바로 굶어야 하는 월급쟁이 세상에서 회사에서 쫓겨 난다는 것은 그날부터 생계가 어렵다는 말이다. 참으 로 예의 없는 회사였다.

다른 회사에 다니는 사람들이 중선이 다니는 현대 양행에서 신입사원이나 경력사원을 모집한다고 공고 를 내면 어떻게 알고늘 오은시 이식하려고 오는 사람들이 구름처럼 몰려왔다.

창원기계공단에 다니는 기술자들이 틈만 나면 현대양행으로 이직을 하려고 한다는 소문이 공단 전체에 파다했다. 보수도 좋고 식사도 잘 나오고 복지시설이 좋다고 소문이 나서 야간고등학교에 가면 쉬는 시간에 중선에게 와서 회사에 대해 물어보는 학생들이 많았다. 보다 좋은 보수를 받고 일자리를 옮기는 것은 인지상정 아닌가.

다른 회사에 비해 월급도 많고, 식사도 잘 나온다고 소문난 대기업을 나가야 한다는 건 참 슬픈 일이다. 아직 방통고를 졸업하려면 1년을 더 버텨야 하는데. 인홍은 광야로 나선 예수처럼 참으로 험난한 세상에 살고 있었다.

중선과 인홍이 일하는 중기사업부는 포클레인. 불도저. 지게차. 크레인만 생산하는 게 아니었다. 그 옆 한쪽에서는 155미리 곡사포. 군대에서 필요한 불도저도 만들었다. 어떤 날 인홍은 국방색으로 도자를 페인팅하고 왔다며 코를 풀고 옷을 털면서 울기도 했다. 현대양행 내에 다른 공장에서는 그 시절 심혈을 기울여 연구하고 생산하던 발전설비도 만들고 있었다.

수력발전소나 화력발전소에 들어가는 터빈뿐 아니라 원자력 발전소 터빈 등 모든 발전설비를 우리나라에서 유일하게 만들고 있었다.

창원공단에 있는 모든 공장에서 생활용품이나 산업에 필요한 중간재도 만들었지만 그 대부분의 공장에서 군수용품도 만들었다. 삼성정밀은 카메라를 만들어서 파는 회사였지만 공장 한 켠에서는 군용 레이더를 만들고 있었다. 코리아 타코마는 배를 만들어 수출하는 회사였지만, 오히려 경비정이나 호위함을 더 적극적으로 만들었다.

박정희 대통령도 중선이 근무한 5년 동안 회사를 몇 번 방문했다. 방산 업체를 둘러보기 위한 것이었을 것이다. 그때마다 며칠씩 청소를 하고 공장 내부에 있는 지게차가 다니는 도로에 새로 페인트칠을 하곤 했다. 박 대통령은 전용차로 공장에 진입해 연설을 했다.

연설에 참여하는 공장 직원들은 신원조회를 해서 조금이라도 이상이 없어야 참석 가능하다는 말이 돌았다. 연설이 끝나면 공장을 한번 휘 둘러보고는 사무실이 있는 빌딩으로 향했다. 그때마다 미국 원자력 발전설비 업체 웨스팅하우스에서 나오거나 일본 오케케이에서 나온 기술자들은 이해할 수 없다는 표정을 지었다. 그 시절 얼마나 많은 외국 기술자들이 현대양행에 파견 나와 머물렀으면 공장 내에 기숙사 옆에 외국인 호텔이 따로 있었다.

중선이 다니는 현대양행의 운명은 1980년대 초 불어닥친 오일쇼크를 견디지 못하고 무너섰다. 그 뮈도

자고 나면 그 큰 공장의 주인이 바뀌었다. 부지만 100만 평이 넘는 덩치 큰 공장이. 현대양행의 정인형 회장은 하루에 1억이 넘는 이자를 견디지 못하고 형이 하는 현대그룹에 회사를 넘겼고, 새로 주인이 된 현대그룹도 웬일인지 1년을 버티지 못하고 회사를 대우그룹에 넘겨 버렸다.

대우그룹 김우중 회장이 몇 번 왔다 가는가 싶더니 1년이 가기 전에 한국중공업으로 이름이 바뀌고 한국전력 자회사가 됐다. 지금은 두산중공업이다.

회사의 이름이 바뀔 때마다 공구실 앞에 많은 직원들이 공구를 반납하려고 장사진을 쳤다. 퇴직을 하려면 빌려 쓴 공구를 반납했다는 반납 필증이 있어야 했기 때문이다. 그러거나 말거나 특례보충역들은 아무리 퇴직을 하고 싶어도 할 수가 없었다. 중선은 고등학교에 다녔고, 인홍도 마찬가지로 1년을 더 버텨야 고등학교 졸업장을 받기 때문이었다. 5년 동안 군대생활을 대신하는 특례보충역들도 사표를 낼 수 없는 건 마찬가지였다. 그러면 바로 현역입대를 해야 했기 때문이었다.

특례보충역인 젊은 그들은 회사의 중추였으며 엘리트였다. 기능직 사원 중에 공업고등학교를 졸업하거나 직업훈련소에서 밀링이나 선반 자격증을 습득하고 입사한 사원들은 대부분 군대를 가는 대신 기간산업체나 방위산업체에 근무하면서 군복무를 대신하는 특례보충역이었다. 그 업체에서 5년간 의무적으로 근무하면 군이 면제되고 이병 계급장과 군번이 부여되었다.

특례보충역들은 한번 발을 들이면 5년 동안 이직을 할 수가 없었으며 회사를 그만두면 바로 군대에 가야 했다. 특례로 근무하는 5년 동안 일을 해서 돈을 벌수도 있었고, 월급도 많이 받았다. 5년 동안 매어 있을수밖에 없었지만, 그럼에도 불구하고 매력적인 근무처였다.

그들은 엘리트 의식이 강했고, 그만큼 결속력도 강했다. 1980년도 초반 광주사태가 일어나기 전 YH사건부터 김영삼 총재 제명사건. 10.26으로 이어지는 일련의 시대의 변곡점의 정점인 부마사태에도 그들은 경남대학생들과 함께 주도적으로 마산시위에 참여했다. 중선과 인홍도 거기 있었다. 스크럼을 짜고 독재타도를 외치며 마산의 중심가를 밤새도록 행진했었다.

부산은 대학생들이 주동이었지만. 마산은 그렇게 많은 대학생들이 없었다. 그 틈을 창원공단에 있는 특례보충역들이 메웠다. 회사에서도 그들을 섣불리 대할 수 없었다. 1만 명이나 되는 노동자들이 노조를 만들기 위해 움직이고 있을 때, 태동하던 노조를 만들기 위해 앞뒤 안 가리고 나선 숙노 섦은 그들이 있다.

중선의 고등학교 동창들은 대부분이 창원 기계공단에 근무하는 회사원이었다. 우리나라 굴지의 대기업들이 전부 공장을 가지고 있는 탓에 전자회사부터 방위산업체까지 거의 모든 업종의 중화학공업 공장들이 밀집돼 있었다.

마산공업고등학교 야간에 다니는 학생 중에도 절반 이상이 이런 특례보충역이었다. 낮에는 회사에 근무하며 직장생활을 했고, 동시에 군복무를 하고 있었으며, 밤에는 고등학교를 다니면서 미래를 준비하고 있었다. 이런 학생들은 공업고등학교에서 기계나 화학 자격증을 따는 대신 서울에 있는 정수 직업훈련원이나 창원에 있는 한독직업훈련원 출신들이 많았다. 이들은 중학교 다닐 때 성적이 상위권에 있던 학생이었는데 가정형편이 좋지 않아 고등학교 진학을 못한 친구들이었다. 이들은 야간 고등학교에 와서도 회사에서도 직업훈련소에서도 두각을 나타냈다. 고등학교를 마치면 얼추 회사에 다녀야 하는 5년의 군복무도 마치게 돼 전국의 대학으로 흩어졌다. 인홍은 광주 신학대학으로. 중선은 서울의 서울예술전문대로. 혜미는 대학을 나와 간호사가 되고 싶어 했다.

고등학교에서 학생 몇 명이 만나 산학우회를 결성한 멤버 중에는 중선보다 나이는 어리지만 정식으로 장가를 가고 아이를 낳아서 키우는 친구도 있었고, 동거하는 친구도 있었다. 나이는 스물 몇 살에 불과하지만 안정된 직장이 있고, 군대에 갈 일도 없는 특례보충역들은 좋아하는 사람이 생기면 동거를 하고 결혼을 했다. 배움에 목마른 나이가 50이 넘은 늦깎이 고등학생도 있었다. 아들이 대학생이라던가.

그런데 자식을 고등학교도 보낼 수 없었던 가난한 부모들은 경제적으로도 이들의 도움을 필요로 했다. 대부분의 집안에 몇 명의 동생이 있었고, 그들도 중학교나 고등학교를 다니기를 원했다. 부모의 가난 때문에 고등학교도 진학하지 못한 친구들이 공장에서 일해 번 돈을 집으로 조금이라도 부쳐야만 동생들이 먹고 입고 학교에 다닐 수 있었다.

그들은 문화생활은 고사하고 의식주를 해결하기도 버거운 삶을 살면서도 꿈을 포기하지 않았다. 더러는 그런 압박과 회사동료들과의 술자리가 이유가 돼서 학교를 빠지게 되고 그것이 빌미가 되어 학교를 그만두는 학생들도 있었다. 그리고 학교에 가게 되면 시간 외 근무인 잔업을 하지 못해 수입이 줄어들어 고민하는 학생들도 있었다. 먹고 살며 학교에 가는 것도 버거운데, 집에도 돈을 부쳐야 되고 해서 일요일 날 쉬지도 못하고 특근을 밥 먹듯 하는 친구들도 있었다.

새벽 6시부터 일어나 아침을 해먹고 부랴부랴 통근

버스를 타고 8시 30분까지 출근을 해서 퇴근하고 야간 고등학교에서 공부를 하고 나면 밤 10시가 넘었다. 집에 오면 11시가 되고 더러워진 작업복도 빨아야 하고, 공부도 해야 하고 그러다 보면, 밤 12시가 넘어가고 몇 시간 자지 못하고 또 아침은 밝아 오고. 늘 잠이 부족해서 통근버스를 타거나 쉬는 시간이면 병든 닭처럼 졸기 일쑤였다.

그나마 잔업도 못 하고 특근도 못 하면 월급이 10만 원밖에 안 됐다. 그 돈으로 쌀을 사고 반찬도 사야 했으며 옷도 사 입어야 했고, 담배도 사 피워야 했다. 구멍가게에는 언제나 외상이 넘쳤고, 월급을 받으면 며칠 안 가 빈손이었다. 그중에서 제일 비중이 큰 게 월세였다. 그야말로 쥐꼬리만 한 월급으로 이 모든 일을 하기란 쉬운 일이 아니었다. 그래서 여러 학생들이 학교를 그만두었다.

혜미가 오랜만에 중선의 자취방에 놀러 왔다. 중선네 집에서 저녁을 먹고 술도 한 잔씩 했다. 거나하게 취한 혜미가 물었다.

- 너하고 같이 사는 애는 신학대학에 가서 목사 공부를 한다며. 어디로 정했대?
- 응. 광주에 있는 호남신학대에 합격했어. 다음 학기엔 광주 기숙사에 들어간대.

- 참 대단하다. 일하면서 방통고를 졸업하고 신학대에 입학했으니 참. 꿈을 향해 한 발 한 발 가는구나. 나도 분발해야겠네.

- 너는 중학교 다닐 때 공부 잘했잖아.

- 야. 내 나이가 스물 셋이야. 스물 셋. 시집갈 나이라고. 집에서 시집가라고 난리야.

- 그러면 나하고 살면 되겠네. 방도 있겠다. 웬만한 세간살이도 다 있고. 몸만 오면 된다. 같이 학교에 다니는 동급생 중에는 나보다 나이가 어린데 결혼을 해서 아이가 있는 사람도 있고, 동거하는 친구도 여럿이야. 직장도 있고, 군문제도 해결됐고, 객지에서 외로우니 눈만 맞으면 같이 사는 거 같애.

- 어머머머, 얘 말하는 것 좀 봐. 그걸 프러포즈라고 하는 거니? 좀 그럴듯하게 하지. 그게 뭐니.

- 같이 살 생각은 있는 모양이네.

- 그럼, 중학교 다닐 때부터 널 좋아했는데.

마산고등학교 교정에서 열린 인홍의 방송통신고등학교 졸업식 날 졸업식장을 찾은 사람은 혜미와 중선뿐이었다. 강진에 사는 부모님이나 동생들은 없었다. 이상하게 마산공고 졸업식장에 가도 부모나 형제들은 전혀 오지 않는다. 셋은 교정에서 사진을 찍었다. 중선이 가져산 꽃다발이 유일한 졸업신물이었지만 인홍에게는 꿈에도 그리던 목사가 되는 첫걸음을 떼는 위대한 날이었다. 왜냐하면 이 별것 아닌 졸업으로 인해 평생의 염원이던 신학대학에 입학할 자격을 얻었으니까.

중선은 마산 어시장으로 가자고 말했다. 회라도 한 접시 시켜 놓고 인홍의 졸업을 축하해 주고 싶었다. 참 이상한 것은 지난 3년 넘게 마산에 살면서 그동안 외식을 해 본 기억이 전혀 없었다. 마산 어시장은 더더욱 한 번도 와 본 적이 없었다. 인홍과도 짜장면 한 그릇 같이 먹어 본 기억이 없었다. 매일 아침을 해서 같이 먹고 출근을 하고, 점심도 같이 먹곤 했는데 어째서 외식한 기억은 한 번도 없을까. 외식이라는 것을 한 번 해 보지 못해서이다.

마산 어시장의 풍경은 낯설었다. 가게마다 횟감으로 온갖 종류의 생선들이 진열돼 있었다. 그중에 하나를 골라 들어갔다. 회 한 접시와 매운탕을 시키고 둘러앉았다.

- 언제 광주로 가니.

- 며칠 내로 가야 돼 알바 자리를 구했거든. 빵집인데 전에 서울에서 알던 사람이야.

- 퇴직금은 많이 나왔나. 얼마나 되데.

- 많이는 무슨 전세방 하나 얻으니 한 달 생활비 남던데 뭐.

- 그래? 대학에 기숙사 있다면서 전세방은 왜 얻었는데.

- 마산에서도 있을 만한 데가 없고 광주에서도 대학에 등록을 해야 기숙사에 들어가든지 하지.

- 월세방에 질린 것도 있고, 동생이 올지도 모르고 해서 그냥 얻었어. 또 돈을 묶어두는 의미도 있고.

- 몇 년 만에 마산을 떠나는구나.

- 넌 졸업반인데 계획은 있고.

- 아직 몰라. 회사를 때려치우고 퇴직금 받아서 재수학원에 다닐까. 아님 고등학교를 졸업하면서 회사를 그만둬야 하는지. 잘 모르겠다. 졸업한다고 해서 그해에 대학에 들어갈 수 있는 것도 아닐 거야. 재수를 해야 할 거야. 공업고등하교 야간에 다니면서 마음에 드는 대학 가기가 쉽겠냐. 학교에서 입시공부는 안 하고 맨날 실습이나 하고 기계공부만 했는데 수능을 어떻게 보냐. 재수학원을 다녀야 하겠지.

- 재수학원도 돈이 만만치 않게 들어갈 텐데.

- 퇴직금 타면 대충 되겠지 뭐. 아니면 전세를 빼든지. 작년에 어머님이 돈 150만 원을 허리에 두르고 와서 전세를 얻어 주고, 월세는 당신에게 보내라고 했는데. 한 번도 못 보냈어. 얼마나 죄스러운지 몰라. 근데 월급 타면 어디로 가는지 며칠 지나지 않아 돈이 하나도 없어. 희한해. 밖에 나가서 술 한잔 사먹은 기억이 없는데. 그렇다고 연애를 하는 깃도 아닌데.

- 너 혜미하고 같이 살잖아.

- 혜미하고 살면서 돈을 아끼면 아꼈지. 더 들어가지는 않았어. 서로 생활비 얼마씩 내서 봉투에 넣어두고 쓰고, 모자라면 적어 뒀다가 다음 달에 결산하고. 혜미가 얼마나 철저한지 몰라. 지독스러워. 그러다가 싸우기도 많이했어. 그런데 돌아보면 그 말이 맞아.

- 결혼은 안 할 거니.

- 결혼. 그냥 살면 되는 거 아냐. 무슨 결혼식을 해야 하는건 아니잖아. 그리고 혜미도 대학 가려고 벼르고 있어. 그래서 잠자리도 잘 못 해. 아이 생기면 큰일이라고.

- 그러면 약식으로라도 장광에 정한수 한 그릇 떠놓고 천지신명께 고하기라도 해야 하는 거 아니냐. 인륜지 대사를 그렇게 소홀이 해서야 되나. 그러지 말고 우리 교회목사님에게 말씀드려서 약식 결혼식이라도 올려주라?

- 글쎄, 나는 워낙 그런 걸 좋아하지 않아서 별로 하고 싶지 않은데, 혜미의 생각은 어떤지 모르겠네. 목걸이는 고사하고 반지 하나도 끼워 준 적이 없어서. 그러고 보니 미안하네. 같이 산다는 건 결혼이나 마찬가지인데, 내가 너무 무심했나. 혜미는 별 내색이 없던데. 어떻게 해야하나. 인홍이 네 말을 듣고 보니 내가 참으로 한심하네.

- 여자들은 남자하고 뇌구조가 다르데. 오늘이라도 날을 잡아서 장독대에 물 한 그릇이라도 떠놓고 맞절이라도해라. 사회는 내가 볼게. 내가 이따 너의 집으로 갈게. 넌

내년이면 졸업을 하는데 어디로 대학을 갈려고.

- 될 수 있으면 서울예술전문대학을 갔으면 좋겠는데. 문
  창과가 거기 있거든 중앙대도 문창과가 있기는 한데 갈
  수가 있겠어?

밤늦게 학교를 마친 혜미가 퇴근하고 집으로 왔다.
중선과 인홍이 맞았다. 방에는 중선과 인홍이 마련한
저녁상이 차려져 있었다. 인홍이 혜미를 반갑게 맞으
며 말했다.

- 혜미 씨, 오늘 혜미 씨 시집가는 날이에요.

입찬소리를 못 하는 정직한 인홍이 다짜고짜 내질
렀다. 당황한 혜미가 얼굴이 붉어졌다. 그렇다고 인홍
에게 심술을 던질 수는 없다는 듯 혜미가 말했다.

- 아니 그게 무슨 말이에요. 갑작스럽게 나도 모르는 내가
  시집가는 날이라니요.
- 아무래도 서운하다고 인홍이가 자리를 마련했어. 지놈
  이 주례를 선다지 뭐냐.
- 자, 여기 혜미 씨 옷을 갈아입어요. 웨딩드레스예요.

인홍이와 중선이 시장에 가시 사 온 드레스를 입고,

머리에 꽃을 꽂은 혜미는 예쁜 색시였다. 곧이어 소꿉장난 같은 결혼식이 시작되었다.

좁아터진 단칸방에서 중선과 혜미를 나란히 세워 놓은 인홍은 써 온 주례사를 읽어 내려갔다.

- 검은 머리 파뿌리 되도록 변치 말고 살라고 하는 말은 요새는 어울리지 않아요. 그렇게 오래 살지 말고. 사는 동안만 서로 위하고 서로 사랑하고 살 거라고 맹세하세요. 짧지만 이것으로 주례사를 갈음합니다. 서로 껴안고 키스하세요.

혜미와 중선은 서로를 안고 진한 키스를 했다. 오래, 오래. 보다 못한 인홍이 둘을 갈라놓았다.

- 이런이런, 그렇게 좋을까. 그만하고 밥이나 먹자. 배고파 돌아가시겠다.

인홍이 돌아가고 둘만이 남았다. 중선이 둘 사이의 정적을 메웠다.

- 오늘이 그 흔한 첫날밤이네. 어떻게 해야 하지.
- 어떻게 하긴 뭘 어떻게 해. 분위기도 이런데. 그냥 자자. 우리 껴안고 자면서 바다로 가자.

몇 달 뒤 인홍이는 정말로 광주에 있는 호남신학대
학에 입학했다. 다니던 교회의 목사와 장로와 신도들
의 적극적인 지원으로 입학하게 되었고, 등록금도 그
교회에서 내주었다는 말을 들었다.

인홍이 마산을 떠나 광주에 자리를 잡는 동안 중선
도 고등학교 3학년이 되었고, 혜미는 2학년이 되었다.
혜미의 삶도 고달프기는 마찬가지였다. 3교대로 돌아
가는 공장에서 일하고 3교대로 돌아가는 고등학교에
다니느라 눈코 뜰 새 없이 바쁘게 살고 있었다.

일요일 날이나 멋처럼 쉬는 날에 오랜만에 셋이 만
나 영화도 보고 가포라는 바닷가에 가서 놀다 옆에 있
는 마산 대학교 교정에서 시간을 보내고는 했다. 잔디
밭에 앉아서 중선은 대학 가는 거에 대해 많은 이야기
를 했다. 지금은 우울하지만 대학만 가면 인생이 달라
질 줄 알았다. 많은 것이 달라지겠지만 달라지지 않는
것에 대해 이야기를 할 때면 또다시 침울해지기도 했
다. 가난이었다. 지금보다 돈이 더 필요할 테고, 더 가
난해지리라는 것에 의심의 여지가 없었다. 지금은 그
나마 직장이라도 있지 다른 도시 대학에 입학하게 되
면 또 다른 직장을 구해야 할 것이다.

야간대학은 가기 싫었다. 왜냐하면 주간에 비해 모
든 면에서 제약이 많을 것이기 때문이다. 동아리활동
도 제대로 못해 보고 대학을 졸업할 것 같았다. 마산내

학 캠퍼스 이곳저곳에 무리지어 앉아 있는 진짜 대학생들의 웃음소리가 가슴 찡하게 부러웠다. 그래도 위안은 있었다. 아직 젊어서 해 보고 싶은 게 많았다.

추석연휴에 여행을 가려다가 포기하고 임천에 내려가서 하루나 이틀 농사일을 도와주고 와야겠다는 생각으로 혜미에게 연락해서 같이 갈 거냐고 물으니 같이 가잔다. 고속버스 터미널은 사람들로 넘쳐 났다. 선물꾸러미를 들고 아이를 들쳐 업은 아낙네들이 곧잘 눈에 띄었다. 고속버스 표를 어렵게 예매하고 기다리는데 교복을 차려입은 혜미가 나타났다.

고등학교 교복을 입고 한 번도 외출을 해 본 적이 없는 중선은 당황했다. 고등학교를 들어갔다는 말은 들었지만 교복을 입은 모습을 처음 본 중선은 눈물이 날 것 같았다. 얼마나 포한이 맺혔으면 그 나이에 집에 가면서 교복을 입고 나타났을까.

- 너 복장이 그게 뭐냐.
- 왜 이상해. 학생이 교복을 입는 건 당연하지. 나이가 좀 들어서 그렇지. 누가 어떻게 보든 상관없어. 그런데 엄마한테는 꼭 한번 보여 주고 싶어. 그냥 모른 체하면 안 될까. 너는 그게 뭐니 학생이 신사복을 쫙 빼입고 넥타이까지 매고. 촌스럽다.

- 촌스럽다고? 슈트발이 출중한데, 이만하면 연예인 못지
  않잖아.

고속버스가 출발해 도시를 벗어나자 들판에 벼들이
익어 가고 있었다. 임천 뜰에도 벼들이 고개를 숙이고
있을 것이다. 추석도 쇠지 못하고 탈곡을 해야 할지도
모를 일이었다. 어린 나이에 벼를 베고 논에 널어 두었
다가 며칠 지나 묶어서 지게에 지고 탈곡마당으로 나
르는 일이 고돼서 운 적도 있었다. 그즈음에 새로 나온
통일벼는 일반 벼에 비해 수확은 좋았지만 어찌된 일
인지 벼가 잘 쏟아졌다. 쌀 한 톨이 아쉬운 판에 알곡
을 논바닥에 흘린다는 것은 용서할 수 없는 죄였다. 꾸
지람이 떨어졌지만 별수 없었다. 어른들도 흘리고 다
니는 판에 왕초보인 아이들보고 어쩌란 말이냐.

저녁에 임천에 내려 혜미와 중선은 모르쇠로 일관
했다. 중선은 푸줏간에 가서 쇠고기 두 근과 돼지고기
세 근을 샀다. 동생들 몫으로 과자도 몇 봉지 사고는
임천 장터를 한 바퀴 돌아보았다. 몇 년 만에 보는 임
천 장은 추석 대목을 맞아 활기가 넘치고 있었다. 예전
같으면 아버지의 옷가게로 먼저 달려갔겠지만 갈 일
이 없었다. 예전에는 추석대목이면 어머니도 장에 나
와 아버지의 장사를 거들고 있겠지만 지금은 임천 장
에 갈 일이 없다.

중선은 푸줏간에서 고기만 사가지고 빠르게 시장을 벗어나 집으로 향했다.

마산으로 집을 떠날 때 어머님은 임천 차보까지 와서 먼 길 떠나는 아들을 배웅했다. 왜 그런지는 모르지만 엄마는 그때마다 약국에서 피로회복제와 드링크를 꼭 사서 중선의 손에 꼭 쥐여 주면서 당신이 보는 앞에서 먹으라고 턱짓을 했다.

왜 멀미약이 아니고 피로회복제와 드링크였을까. 그리고는 꼭 먹는 것을 보고 나서야 돌아섰다. 왜 먹어야 하나 망설이고 있으면 손으로 채근하며 눈짓으로 먹으라고 다그쳤다. 중선이 눈살을 찌푸리며 다 먹는 모습을 보고 나서야 안심을 하는 것 같았다. 그리고는 그것이 중선이 가는 곳까지 안전하게 데려다줄 것이라고 믿는 눈치였다.

회사를 그만두고 재수학원에 다니기 시작했다 고 3 이어서 과외가 금지된 때 학원에 다니는 건 불법이었다. 그냥 재수한다고 하면 될 걸 곧이곧대로 야간고등학교 3학년이라고 말한 것이 화근이 되어 그 학원에서 교무회의까지 열렸다고 했다.

서슬 퍼런 1980년대 초반 전두환 정권 시절 과외가 금지되었다. 스물다섯 살이나 먹은 고등학생인 중선이 재수학원에 다니는 것이 과외라는 것이다. 그다음 날부터 출석부에서 중선이라는 이름이 사라졌다. 출석도 부르지 않고 맨 뒷자리로 밀려났다. 여차하면 자르겠다는 의지의 표현이었다.

수강료는 내는데도 다른 수강생에 비해 여러 가지로 불평등을 당해도 그냥 당하고만 있어야 했다. 수능을 앞두고 치러지는 모의고사가 가장 큰 문제였다. 시험은 보게 하면서도 출석부가 없는 관계로 성적은 알려 주지 않았다. 전국 석차가 없었다. 유령이 된 기분이었다.

학교에서도 마찬가지였다. 산업체특별학급은 산업체에서 일하는 사람들을 데려다 공부시키는 곳이어서 회사를 다니지 않는 사람은 입학자격이 없었다.

그런데 입학할 때는 공장에 다녔었다. 중간에 대학을 가겠다고 공부를 하기 위해 회사를 그만두었으니, 그런 경우 그냥 퇴학을 시켜야 했다.

1학년도 아니고 3학년이고, 8개월만 다니면 졸업이니 예외를 인정하자는 교무회의 결과로 퇴학은 면하고, 학교는 다녔지만 출석번호는 맨 끝번으로 내려앉았다.

그 핍박이 심하던 시절을 보낸 중선에게 열매는 달콤했다. 어찌되었든 고등학교는 졸업했고, 대학에 갈 자격은 얻었으니 중졸이었던 중선의 콤플렉스도 다 날아갔다.

밤늦은 시간에 학교에서 돌아오니 혜미가 말하기를 병호 형이 아프단다. 막일을 하다가 떨어져 중상을 입었다는 것이다. 하는 수 없이 경옥이는 아이를 안고 친정집으로 들어갔단다. 벌이가 없는데 병원비는 쌓이고 아이 분윳값도 벌지 못하는 자신을 안타까워하다가 병원에서 도망쳐 나와 출가를 했단다.

4.

꿈에 그리던 대학

대학에 입학하고 얼마 안 된 어느 날, 문학회 동아리 방에서 선배가 틀어준 광주사태 비디오는 그야말로 청천벽력이었다. 전투복을 입은 군인들이 곤봉을 들고, 시위하는 시민과 학생들을 진압하는 광경이 노골적으로 뿜어져 나오고 있었다. 화면을 보고 있던 몇몇 여학생은 흐느껴 울기 시작했다. 중선은 울음은커녕 눈물도 나오지 않았다. 눈을 부릅뜨고 한순간도 놓칠 수 없다는 듯이 화면만 노려보고 있었다.

언젠가 중학교 동창 하나가 모임에서 그런 말을 했다. 자기가 7공수였고, 광주에 투입되어 진압작전을 했다고, 그때는 군대를 갔다 온 지 안 된 친구들이 모임만 했다 하면 말끝마다 군대 이야기라 심드렁하게 흘렸는데, 그게 이 이야기였다고 생각을 하니 온몸에 소름이 돋았다.

그 일이 있고 나서 뭔가 중선의 인생이 변한 것 같았다. 그 비디오를 보기 전 세상과 본 후의 세상이 완전히 달라져 있었다. 중선은 그다음 날부터 시위대에 합류했다. 누가 시키지도, 강요하지도 않았지만, 수업도 들어가지 않고 그저 시위대만 따라다녔다. 시위대가 돌을 던지면 중선도 던졌고, 구호를 외치면 또한 따라했다. 그렇게 점심도 굶어 가면서 1달이 넘게 시위대를 따라다니다가 중선은 병원에 입원했다.

인홍이 병원에 와서 학교에 잘 다닌다고 편지에 써 놓고 이렇게 병원에 누워 있으면 어쩌자는 것이냐고 물었다.

어쩌다 보니 그리 되었다고, 중선은 웃으며 대답했다. 광주는 어떠냐는 중선의 질문에 인홍은 매일매일 시위를 한다고 했다.

- 여기나 저기나 다 똑같지 뭐. 전두환이 물러가라. 광주사태 본질을 밝히라고 아우성이지 뭐. 난 신학생이라 사회 현상에는 거리를 두고 있어. 마산에서 우리 열심히 해 봤잖아. 천천히 나아지겠지. 조금씩 진실이 밝혀질 거고. 시간이 지나면 시위도 시들해지겠지. 세상에 영원한 것은 없어. 다 지나가. 모든 것이 다 그랬어. 결국은 먹고사는 문제만 남아. 그건 영원한 숙제야. 누구에게나. 누구한테도. 누구도 벗어날 수 없는. 인류 보편의 법칙. 그 앞에 더 위대한 것은 없어.

중선이 말했다.

- 먹고사는 문제. 맞아. 요즘 그게 날 아주 돌게 만든다. 아침에 일어나면 무엇을 먹어야 하나부터. 점심은. 저녁은. 진심으로 버겁다. 이렇게 안 먹으면 병원에 입원하게 되고, 밥값보다 엄청나게 많은 대가를 치르게 하지.

인홍이 말했다.

- 빨리 일어나.

중선이 받았다.

- 일어나면 뭐 하나? 또 변하지 않은 일상이 날 미치게 할 건데. 평생 나아지지 않을지도 몰라. 이 일상에 매몰돼 죽을지도 몰라. 언제쯤, 어떻게 하면 이 지겨운 일상에서 자유로워질까. 그런 날이 오기는 올라나 몰라.

인홍이 물었다.

- 혜미 씨는 왜 안 보이냐.

광주사태 같은 것이 있는지도 몰랐는데 영상을 보

면 누가 가짜로 만들었다고 하기 에는 너무나 현실감이 있었다. 어떻게 이 적나라한 영상을 보고 의문을 가지느냐 말이다. 거리에서 공수부대원들에게 무차별 난타당하는 시민과 학생들을 보라. 그게 어디 사람이 할 짓인가. 더러는 머리도 깨지고, 더러는 머리채를 잡혀 아스팔트 위를 질질 끌려가는 여학생을 보라. 분노가 일어 주먹이 꽉 쥐어지고 눈이 충혈되고, 다리가 떨리지 않는가. 그 군인들이 북한 군인도 아니고, 일본 군인도 아니고, 우리나라 군인이라는 사실이 치를 떨게 했다. 그 참혹한 현실이 우리나라 광주에서 일어났다니. 이게 말이나 되는 일인가.

세상에는 세 가지 사실이 있다. 내편, 네 편, 그리고 진실.

중선은 학보사 기자를 모집한다는 자유게시판 광고를 보고 교내 신문사를 찾아갔다. 신문기자도 글을 쓰는 일이고, 신문이나 책이나 활자화되어 나온다는 데 매력을 느꼈다. 그리고 무엇보다 근로 장학금을 준다고 해서 이력서를 써가지고 갔다.

학교 신문사 사무실에서 만난 편집국장이 이력서를 보면서 하는 말이 나이가 많으셔서 수습기자로는 어려움이 많겠다며 원서조차 받기를 거부했다. 여기는 상명하복이 뚜렷한데 편집국장인 자기보다 나이가 많으시니 난감하다는 것이었나.

테니스 동아리는 들어가는 데까지는 어려움이 없었는데 3개월이 지나기 전에 잘렸다. 신문사와 마찬가지로 나이가 너무 많아 부원으로 받아들이기가 어렵다는 말을 들었다. 그것도 맞는 말이기는 했다. 동아리 활동을 하기 전에 후배들이 테니스장을 롤러로 다지는 일을 하는데 간혹 일이 잘못되어 벌을 받을 때가 있었다. 그런데 중선이만 열외를 시켰다. 나이가 많으니 배려를 한 것이겠지만 중선도 불편하기는 마찬가지였다. 단지 나이가 많다는 이유로 통제하기 어렵다는 이유로 어떤 굴레에서 밀려나기 일쑤였다.

중선이 생각한 대학생활은 이런 게 아니었다. 고등학교 때 해 보지 못한 모든 것을 해 보고 싶었다. 그런데 하나씩 어긋나고 있었다. 아무래도 여기까지인 것 같았다. 아무리 애를 써도 가질 수도, 가 볼 수도 없는 그 무엇. 중선은 고통스러운 미래의 환상에 살고 있었다.

유일하게 받아 주는 곳이 문학회였다. 거기서도 어려움은 있었다. 동인활동이라는 것이 4년 내내 줄기차게 하는 것이 아닌 것인지, 대부분이 1, 2학년이 주축이었다. 시 합평을 주로 했는데 나이는 먹었는데 지적 수준이 그들과 같거나 오히려 낮았다. 대학 문학회에는 고등학교 때부터 문학동아리에 몸담았던 친구들이 여럿 있었다.

중선은 야간 고등학교를 나와서 서클 활동은 한 번도 해 보지 못했다. 아니 그런 것이 있는지도 몰랐다. 그러니 나이만 많았지 별 볼일 없는 사람으로 무시당하기 일쑤였다. 그래도 굴하지 않고 열심히 했다. 여기서도 버림받고 싶지 않았다.

학과에서도 섞이지 못하고 겉돌기는 마찬가지였다. 같은 학번 여학생들에게도 처음 들은 말이 아저씨였다. 형도 아니고 선배님도 아니고 동네 아저씨였다. 2학년이 되자 후배들이 들어와서 선배님이라고 부르는 것이 그렇게 좋을 수가 없었다. 늦게 대학에 들어갔으니 동급생들과 많게는 7살이나 나이 차이가 났고 아무리 적어도 5살이나 차이가 났으니 호칭하기가 애매했겠지만 그것보다는 실질적인 슬픔이 있었다.

수업 자체가 그룹으로 조원들이 리포트를 써 와 발표하는 수업이 많았는데, 중선과 함께할 학우들이 하나도 없을 때가 많았다. 일본 학교에서 제일교포 학생들이 그렇게 소외를 당하고 무시를 당한다는 말은 들었어도 중선이 그런 사람이 될 줄은 대학 들어오기 전에는 미처 알지 못했다.

대학 이야기를 할 때 빠지지 않는 단골 메뉴인 미팅을 한 번도 못 해 보았다. 연애는 꿈도 못 꿨다. 군대 갔다 온 예비역 졸업반 애들도 나이가 중선보다 많은 학생이 없었다. 시간강사를 하는 대학원생들하고 니

이가 같으니 조교실에 가도 찬밥이었다.

거기다 돈도 없어서 동급생이나 선배들에 밥 한번, 막걸리 한잔 살 여력이 없으니 수업이 끝나면 자취방으로 돌아와 하릴없이 시간만 죽이고 있었다. 참으로 한심한 대학생활이었다. 동급생들은 여자 친구를 만나 데이트를 하고, 밥을 먹고, 영화를 보러 다니는데 중선은 그저 생활고에 시달리며 하루하루를 죽지 못해 버티고 있었다. 이럴려고 그 어려운 수능을 보고 대학을 들어왔나 싶었다.

축제를 맞아 시인 고은이 와서 문학 이야기를 하면서 참여하지 않는 문학은 죽은 문학이라고 일갈하고 갔다. 문학회 동아리방에 가도 쉬쉬하며 광주 이야기가 끊이지 않았다. 계엄군이 여학생 가슴을 카빈총에 달린 단도로 도려냈다는 믿을 수 없는 말들도 돌아다녔다.

대학에 오기 전 마산에서 부마사태 시위에 참가했던 중선은 최루탄과 익숙해 있었지만 교문 안에 까지 밀고 들어와 학생들을 향해 쏘아대는 최루탄은 견딜수가 없었다.

학교에서는 광주사태보다 오히려 학내문제로 온 학교가 벌집을 쑤셔 놓은 것처럼 웅웅거리고 있었다. 서울에 있는 대학하고 합병한 지가 오래인데, 학생 수도 대전이 많고 등록금도 많이 내는데. 그 돈을 가지고 서울에 있는 대학에 투자하고, 대전은 소외된다는 것이 가장 큰 이슈였다. 총장도 서울에서 맡고, 대전은 부총장이 학교를 운영하고 있어서 불리하다는 것이다. 그래서 분리 독립해야 한다는 것이 총학과 교수들의 일치된 의견이었다.

그러거나 말거나 중선은 마산에 두고 온 혜미가 그리워서 미칠 노릇이었다. 밤에 잘 때 옆에서 자던 사람이 없으니 스트레스를 풀 길도 없고, 허전해서 잠도 오지 않았다. 혜미가 고등학교 3학년이니 반년 가까이 더 기다려야 대전으로 와서 합치는데, 하루가 멀다 하고 그 품이 그리워서 미칠 지경이었다. 또 하나 중선을 괴롭히는 것은 중선의 힘으로 어쩔 수 없는 돈이었다. 없어도 너무 없었다.

중선이 대학을 다닌다는 것은 그야말로 드난살이의 연속이었다. 잠자리에서도 반년을 채우지 못하고 이사를 하는 일이 잦아졌다. 학교 다니는 내내 사글셋방을 전전했다. 어쩌면 당연한 일이다. 전세금도 없고, 집 살 돈은 더더욱 없고, 본가는 멀리 부여에 있었다.

어떤 때는 방 얻을 돈이 없어서 친구 집에 한 학기 동안 얹혀살았다. 방세도 내지 않고 먹는 것도 얻어먹으면서 사는 건 참으로 슬픈 일이었다. 그 작은 방에 빈부의 차가 엄연했고, 돈을 낼 수 없으니 몸으로 때워야 했다. 나중에는 친구가 아니라 놈종이 된 듯했다.

멀쩡하게 다니던 직장을 관두고 대학을 가겠다고
나설 때부터 이 어려움은 예견된 일이었다. 소설가가
되고 싶었다. 학교 선생님을 하면서 소설을 써 보고 싶
었다. 그때까지 어디 백일장이라도 나가서 상을 한 번
도 받아 보지 못했지만, 책을 읽는 게 좋았다. 5년 넘
게 다니던 회사를 호기롭게 그만두고 퇴직금을 받아
서 대전에 와 방을 하나 얻고, 입시학원에 등록해 1년
을 다니니 대학에 합격했다. 다시 1년 치 사글셋방을
얻고, 한 학기 등록금을 내고 나니 5년 일한 퇴직금이
다 사라졌다.

그때부터 중선의 인생은 슬펐다. 엄마는 용돈이라
는 걸 인정하지 않았다. 평생 용돈이라는 개념조차 모
르고 사신 게 확실하다. 자취를 하는데 쌀과 김치, 김
과 오징어포만 있으면 되었다. 먹고살면 되는 거지. 용
돈이 뭔 용돈이 필요하다냐. 배부른 소리 하고 있네.

대학 1학년 2학기를 마치고 겨울방학이 되었는데
다음 학기 등록금이 걱정되기 시작했다. 지난학기 등
록금도 엄마가 동네 잘사는 집에 사정을 해서 돈을 빌
려왔었다. 돈을 빌리러 가니 처음에는 없다고 확 잡아
떼더니 중선이 등록금이 없어서 그런다고 하니 빌려
주더란다.

이번 학기도 등록기간이 다 되었는데 등록금을 마

런하지 못한 중선은 휴학계를 써서 내려고 하는데 자취방으로 전화가 왔다. 여동생이 빨리 집으로 오라고 해서 가니 등록금을 주면서 학비를 내라고 한다. 그래서 한 학기를 더 다닐 수 있었는데 나중에 알게 된 돈의 출처가 기가 막혔다.

하루는 매제가 퇴근해서 들어오더니 여동생더러 결혼반지와 아이들 돌 반지를 다 내놓으라고 하더란다. 무슨 일인데 그걸 달라고 하느냐고 물으니, 알 거 없다고, 재촉을 해서 돌 반지를 모두 주었더니 돌아와서는 돈을 주면서 오빠 가져다주라고 하더란다. 그렇게 해서 마련된 등록금이었다. 그 등록금을 내고 학교에 다닌 결과가 학사경고였다.

꿈에서도 보이는 대조사 산책길을 걷고 싶어 오랜만에, 여름방학을 맞아 집에 갔다. 방학이 시작되자마자 찾아온 시골집은 옛날 중선의 집이 아니었다. 더위에 숨이 컥컥 막혔다. 한낮의 뜨거운 더위는 밤이 깊었는데도 식을 줄을 몰랐다. 오래 살던 집을 팔고 외삼촌댁으로 이사 온 후부터 여름나기가 여간 어려운 것이 아니다. 시골집은 안채와 사랑채가 마루로 연결된 디귿자형 집이었다. 마루를 내려서면 마당이 있고, 마당에 연하여 텃밭이 있고, 백일홍나무들이 꽃을 피운 사랑채도 있었다.

아버지가 돌아가시고 자식들은 이웃도시로, 상급학교로 진학해서 다 객지로 나가고 엄마 혼자 그 큰 집에서 살기가 무서워 외삼촌이 사는 집에 조그만 방 하나를 세 얻어 이사를 했다.

외삼촌네 사랑방은 엄마 혼자 살기에는 그럭저럭 불편하지 않았는데 다 큰 자식들이 집이라고 하나라도 찾아오면 불편이 이만저만이 아니었다. 더러는 외삼촌네 방 중 하나가 비어 그곳에서 자고 갈 수도 있었지만, 외삼촌네도 객지에 나갔던 자식들이 다니러 온 날은 꼼짝없이 엄마하고 한방에서 자야 했다.

엄마도 어지간히 더운지 한숨만 푹푹 쉬시며 돌아눕는 기색이 역력하다. 혼자라면 옷을 훌훌 벗어 버리고 잘 수 있으련만, 다 큰 자식 앞이라 치마도 못 벗고 누워 있으니 당신도 얼마나 답답하겠는가. 중선은 팬티와 메리야스만 입고 누워 잠을 청해도 더워서 잠이 오지 않았다.

- 엄마, 그 집은 왜 팔고 이 고생을 해.
- 젊은 각시가 혼자되니 이 놈 저 놈 방문턱을 넘으려는 놈이 많았어.
- 우리 엄마가 한 미모 하시기는 하지.
- 중선아. 이제 너까지 나를 놀리니.
- 아니 그럼 팔지 말고 그냥 놔두지. 자식들이 오면 자고

오고. 아니면 비워 두고 그렇게 사용하면 되지 꼭 팔아야
됐어? 돈도 얼마 안 됐을 텐데.

- 그렇잖아도 후회가 막급이다. 바지랑 댁 아들이 팔라고
얼마나 성화인지. 필요 없을 것도 같고. 해서 팔았더니.

- 엄마도 옷을 벗어. 속곳만 남기고.

- 아무리 그래도 네 앞에서.

- 엄마, 덥지 않아? 벗어. 중학교 때까지 엄마 젖을 만진다
고 아버지한테 맨날 혼났는데. 질투였는지도 몰라. 엄마
젖은 자기 건데 만진다고.

- 이놈이 못 하는 소리가 없네.

- 그나저나 징그럽게 덥다.

- 등목이라도 쳐야 쓰겠다.

- 아냐, 나와서 물이라도 끼얹어라.

자다 말고 엄마와 중선은 부엌바닥에 엎드려 등목
을 했다. 엄마의 가슴이 아직 팽팽하다. 그러니 사내
들이 가만두지 않아 이 좁은 방까지 밀려와 이 고생을
하지. 중선은 엄마의 등에 물을 끼얹고 나서 등에 남아
있는 물기를 쓸어내리며 엄마의 젖도 닦아 주었다. 엄
마가 움찔했다. 그러거나 말거나 중선은 엄마의 가슴
에 묻은 물기를 부드럽게 훑어 내렸다. 엄마가 놀라 벌
떡 일어났다. 이놈이, 하는 표정으로 뭐라 하면서도 눈
엔 웃음기가 서려 있다.

중선은 모른 체하며 웃통을 벗어부치고 부엌바닥에 엎드렸다. 중선도 해 달라는 뜻이다. 엄마는 메리야스도 걸치지 않은 채 등에 물을 한 바가지 뿌리고 손으로 박박 문질러댔다. 낮에 받아 놓은 미지근한 물이지만 더위를 쫓기에는 더할 나위 없이 좋았다. 중선은 등목을 마치고 방에 누웠지만 잠이 오지 않았다. 중선이 어떤 마음으로 와서 말 한마디 못 하고 속만 끓이고 있는지 엄마도 아는지, 잠을 못 자기는 마찬가지였다. 오래 엎치락뒤치락 거렸다.

다음 날 아침 일찍 중선은 집을 나섰다. 등록금 이야기도, 사글셋방 이야기도 가슴에만 담아둔 채 말 한마디 못 해 보고, 중선은 버스정류장으로 향하고 있었다. 방학이지만 엄마가 있는 집도 방이 하나뿐이라 더이상 있을 수가 없었다.

길을 떠나는 아들을 보내며 어머니는 약국에서 피로회복제 한 알과 드링크제 한 병을 사왔다. 아무 말없이 약봉지를 슬그머니 중선에게 건네는 어머니의 눈에 이슬이 맺혔다. 여름방학인데 집에서 쉬지 못하고 길을 떠나는 아들의 마음을 아는지 모르는지 어머니는 그저 무심했다.

그즈음에 중선에게 제일 부러운 사람은 집에서 학교에 다니는 과 친구들이었다. 방 걱정 없이 학교에 다닐 수 있었고, 엄마가 해 주는 밥을 먹고, 버스도 타지 않고 걸어서 학교에 오는 친구들이었다. 제발 등록금은 안 줘도 좋다. 그건 아르바이트든, 노가다든 뭐든 어떻게 해 보겠는데 방 얻고, 살림까지 하기 에는 너무 벅찼다. 밥이나 집에서 먹고 잠이나 잘 수 있다면 얼마나 좋을까. 중선은 그게 사무치게 부러웠다.

2학년 2학기 등록을 어떻게 할 수가 없어서 휴학을 했다. 학교를 휴학하고 과 친구 집에 얹혀살면서 빈둥거리는데, 매제가 학교 근처 식당에 있다고 만나자는 연락이 왔다.

매제를 만나니 대천에 공사를 맡았는데 노무 관리, 돈 관리를 믿고 맡길 사람이 없다면서 학교도 휴학했으니 거기 가서 1년만 도와 달란다.

뭐 망설일 게 없어서 다음 날 대천으로 향했다. 매제네 아파트 지하실에 책을 놓고 나오는데 책 우는 소리가 들렸다. 한동안 그 소리가 중선을 괴롭혔다.

대천에서의 일은 고됐다. 새벽 6시에 일어나서 시작되는 그 일과는 밤 12시가 되어도 끝나지 않는 경우가 허다했다. 도급제로 일하는 사람들이라 일을 무섭게 했다.

전화선로를 매설하는 작업인데, 새벽부터 밤까지 일을 하니 총무인 나도 그 패턴에 맞출 수밖에 없었다. 중선이 일을 시작한 지 얼마 지나지 않아 엄마가 공사장 함바를 맡아 공사장의 인부들을 위해 밥 짓는 일을 시작했다.

다른 공사장의 함바 식당은 독립채산제로 운영이 되어 함바를 잘만 하면 1년에 몇천 만 원도 버는 알짜배기 사업이라는데, 엄마는 그저 최저임금만 받는 종업원이었다. 그러면서도 시장을 다 보고 일하는 아줌마들을 채용하고, 독립채산제보다 더 많은 일을 했다. 사위가 하는 공사에 엄마는 식당 종업원으로 매달리고, 중선은 총무로 노무와 돈을 관리하면서 방 하나를 얻어 같은 방을 쓰면서 6개월을 살아냈다.

방 하나를 엄마와 같이 쓴다는 건 여간 불편한 것이 아니었다. 옷 갈아입기도 불편하고, 잠자리도 그렇게 불편할 수가 없었다. 여동생도 대전에 있는 집을 비워두고 아이 둘을 데리고 매제가 일하는 공사장 현장사무실 근처에 문간방 하나를 얻어 공사장 언저리에서 살기 시작했다. 그야말로 온 식구가 그 공사에 매달리는 형국이었다. 그렇게 6개월이 지나 공사가 다 마무리될 무렵 태풍이 몰아쳐 공사장을 아수라장으로 만들었다.

공사는 거의 다 끝나 가는데 그야말로 물 폭탄이 떨어졌다. 사람의 힘으로 어쩔 수 없는 환란이었다. 공사장에 쌓아 놓은 자재는 다 떠내려갔고, 전화선이 들어가야 할 땅을 파고 뚫어놓은 산에서 내려온 나뭇가지와 온갖 생활쓰레기로 다 막혀 버렸다.

그런데 다행이다 못해 행운인 것은 거의 공사가 끝난 상황에서 수해를 당해, 지금까지 한 공사비는 공사비대로 다 받고 수해로 쓸려나간 공사를 다시 수주해서 일을 하게 되었다. 그러니 거기서 매제는 엄청난 돈을 벌었다.

그도 그럴 것이 현장 사무실과 함바는 그대로 쓸 수 있었고, 기존에 인부들과 장비도 바로 공사에 투입할 수 있어서 비용은 반으로 줄었는데, 수익은 전에 공사 금액과 똑같으니 그야말로 노가 났다. 공사도 한 번 해 본 일이기 때문에 인부들도 일이 손에 익어 전보다 곱절은 공사 진척이 빨랐다. 그러니 공기는 짧아지고, 일의 속도는 더 빨라지니 그야말로 파죽지세였다. 그 공사를 마치고 매제는 하청을 주었던 본사를 인수해 버렸다. 그런데 중선은 6개월을 일했는데도 한 학기 등록금에서 2만 원이 부족해 등록을 못 하고 제적을 당했다.

1년여 간의 공사가 끝나고 현장이 철수하는데, 엄마와 중선은 갈 곳이 없었다. 그 점을 딱하게 여겼는지, 아니면 공사에서 이익이 많이 남아서인지, 매제가 타던 픽업트럭을 중선에게 주었다. 또 방을 얻으라고 엄마를 통해서 돈 200만 원을 보내왔다.

중선은 어릴 때부터 따뜻한 방에 대한 로망이 있었다. 아버지는 옷 장사를 했고, 돈이 제법 있었는지 시골에 살면서 나무를 사서 땠다. 농사를 조금 짓거나 하는 사람들은 겨울이면 산에 가서 나무를 하는 게 일이 었는데, 우리 집은 헛간 가득 질 좋은 소나무가지를 쳐서 말린 솔가지를 사서 겨우내 땠다. 그 나무는 일반 억새풀을 베서 말린 나무보다 연기도 덜 나고, 불땀이 좋고 화력이 좋았다.

불을 때고 나면 적당히 숯이 생겨 된장찌개나 생선을 굽기에도 적당했다. 그 불땀 좋은 땔감도 돈을 주고 사와서 그런지 마음 놓고 땔 수가 없어서인지, 우리 집은 항상 추웠다. 홑집이라서 그런지 웃풍이 세서 손이 곱았다. 친구네 집에 놀러 가면 아버지가 해 온 나무를 양껏 때서 안방과 건넌방까지 펄펄 끓어서 앉을 수가 없었는데 말이다. 그러면 공기까지 따뜻해서 손이 시린 건 고사하고 입고 간 옷까지 벗게 만들었다. 어렸을 때도 추위에 떨지는 않았지만 집안이 그렇게 따뜻했던 기억은 없다.

매제가 준 돈을 들고 부동산 사무실을 찾으니 방 하나에 부엌이 딸린 원룸 하나에 전세금이 300만 원이나 400만 원은 줘야 집다운 집을 얻을 수 있다는 중개사 말에 힘이 쭉 빠졌다. 200만 원을 가지고 방을 얻으려니 참으로 난감했다. 사글셋방이나 하나 얻고 제적당한 대학이나 다녔으면 좋으련만 그것도 눈치가 보였다. 공부도 못해서 학사경고나 맞는 주제에 대학 다닌다고 하기에도 민망하고, 돈 200만 원을 들고 이 생각, 저 생각 아무리 생각을 해도, 뾰족한 수가 없었다.

방을 하나 구해 우선 엄마와 중선이 몸을 누일 방이라도 있어야겠다는 결론이었다. 오래 발품을 팔아 어렵게 얻은 그 방은 돈 200만 원의 값을 톡톡히 했다. 중선이 계약한 그 방은 방만 있고, 나머지 사는 데 필요한 살림살이들이 완전히 결여된 방이었다. 그도 그럴 것이, 애초에 방으로 만들어진 것이 아니어서 구들도 없었다. 부엌도 없으니 어디 아궁이나 있겠는가. 차디찬 시멘트 바닥에 장판만 깔려 있는 꼴이라니.

추워서 손이 얼었고 발이 시려서 까치발을 집고 다녔다. 이불이나 요를 있는 대로 다 깔고 그 위에 텐트를 쳤다. 텐트를 치고 그 안에 스텐드를 달아매었다. 그나마 안온한 실내가 만들어졌다.

그렇게 시작한 그 집 생활도 1년을 견디지 못했다. 도저히 살 수가 없었다. 엄마는 그 집에 살 수가 없어서 매제 집에 아이들을 봐주며 얹혀살았다. 엄마가 가끔 와서 밥을 해 주시는데 여간 불편한 것이 아니었다. 왜냐하면 밥을 하려면 수돗물은 없어도 개수대는 있어야 하는데 그것도 없으니, 화장실에서 수돗물을 떠오고 더러워진 물을 버리러 다시 화장실을 들랑거려야 했다. 여간 불편한 것이 아니었다. 화장실은 1층에 있지 방은 2층이지. 참으로 죽을 낫이있다. 엄마에게 '힘드시죠.' 하면, 엄마는 '이건 아무것도 아니다. 6.25도 겪었고, 일제 강점기도 거쳤다. 그런데 쌀을 들고 화장실을 들랑거리는 게 남들 보기에 창피하다.' 하셨다.

거기서 살다가 같은 돈으로 이사한 곳이 오류동 단칸방이었다. 그 집은 연탄을 넣는 아궁이가 있을 뿐 다른 것은 전에 살던 집과 다를 바 없었다. 어머님이 오서서 밥을 해 줄라치면 주인 눈치를 여간 봐야 하는 게 아니었다. 그 집주인 여자는 나 아닌 다른 사람이 오는 것을 극도로 꺼렸다. 그러니 어머니는 초인종 누르는게 무섭다며 잘 오시지 않으려 했으나 아들이 굶는다는 생각을 하면 안 올 수도 없다 했다.

대학교에 들어가서 얼마 지나지 않았는데 교련을 가르치는 교수가 찾는다고 조교가 알려 주었다. 학군단 사무실에 가니 대위 계급장을 단 군인이 책상에 다리를 꼬고 앉아 거만하게 중선을 맞았다.

중선에게 교련을 받아야 한다고 말했다.

- 교련이라뇨. 저는 방위산업체에서 근무했고. 근무연한 5년을 채우고 해병대 교육장에 가서 신병훈련도 받았는데요.

대위는 말했다.

- 소집면제자는 어쨌거나 대학에 들어오면 2학년까지 교련교육을 받아야 졸업할 수 있습니다. 법이 그런 걸 어찌하겠습니까.

고등학교 때도 받지 않은 교련을 대학에 와서 받으라니 어이가 없었다.

- 그러지 마시고 예비군 동원훈련을 받게 해 주십시오, 그러면 달게 받겠습니다.

대위는 말했다.

- 안 됩니다. 교련 수업을 받지 않으면 1학기에 2학점씩 빵꾸가 나서 졸업을 할 수가 없습니다.
- 어떻게 해서 들어온 대학인데. 참나 별 복병이 다 있네. 이제 7살, 8살 차이가 나는 아기들하고 연병장을 돌고 제식훈련을 받으라고요. 그렇게는 못 하겠습니다.

했더니 대위가 하는 말이 사정이 있는 것 같으니 수업을 반만 들어오면 학점을 주겠다고 했다. 참나 교련 수업을 받으라고, 교련복을 입고 이 나이에 등교를 하면 선배 후배들이 뭐라고 할까. 학군단 사무실을 나오는 중선의 얼굴이 일그러져 있었나.

가뜩이나 대학생활이 힘들어 죽겠는데, 교련까지. 그리고 미션스쿨이라 3학년까지 일주일에 한 시간씩 채플을 듣는 것도 불교신자인 중선에겐 곤욕이었다. 그래도 그건 할 수 있었다. 교련복이라는 제복을 안 입으니.

중학교를 졸업하고 집에서 농사일을 거들 때 교련복을 입고 학교에 가는 친구들이 얼마나 근사하고 멋있던지 간절하게 입어 보고 싶었다. 그런데 26살이 되어서 교련복을 입으란다. 진즉에 좀 입게 해 주지. 이제 와서 교련복을 입으라고. 사람의 일이라는 것이 다 때가 있다는 어른들의 말이 하나도 틀린 것이 없었다.

교직과목을 이수해서 고등학교나 중학교 국어선생이 되어 먹고살면서, 소설 써 보는 게 유일한 꿈이었는데. 1학년 들어가자마자 시련이 닥쳤다. 한 번도 생각해 보지 못한 일들이 중선을 가로막고 있었다. 어찌 한단 말이냐. 임천이나 갔다 와야겠다. 성흥산을 걸으면서 생각을 정리할 필요가 있었다.

대학에 대한 환상은 이렇게 1학기가 시작되자마자 깨지기 시작했다. 대학에 들어오는 데 걸린 5년의 세월이 무상했다. 난 이제 무얼 바라며 사나.

중선은 날이 밝아도 일어나고 싶지 않았다. 아무런 계획이 없는 무의미한 하루가 내 앞에 버티고 있었다. 시간은 더 이상 중선을 의미 있는 곳으로 이끌어 주지 못했다. 단지 중선을 늙게 할 뿐이었다.

무엇인가를 바라고 산다는 것이 너무 끔찍해서 그 무엇과 헤어지기를 원했던 적이 수도 없이 많았다. 그럴 때면 중선은 그것과 헤어지는 순간을 머릿속에 그려 보았다. 아무것도 기대하지 않으며 사는 나날들이 되풀이되겠지. 중선은 결국 어떤 대가를 치르더라도 포기할 없다는 걸 알았다. 아무것도 남지 않아서가 아니라, 살아갈 수가 없을 것 같아서.

요새는 운동권 음악을 듣지 않는다. 아침 이슬보다 오히려 대중가요가 훨씬 마음에 들었다. 예전 같으면 관심도 가지지 않았을 감상적인 곡조와 가사가 가슴에 와닿았다. 그런 노래들은 애매하지 않고 솔직했다. 임재범이 노래한 〈너를 위해〉가 가슴을 후벼 팠다. 그 절절한 사랑과 이별이 가슴에 사무친다. 임재범 특유의 카리스마 있는 목소리도 너무 좋다. 대중가요는 중선의 생활의 일부였고, 중선이 사는 방식을 정당화시켜 주었다. 그런 노래들은 솔직하고 거리감 없이 사랑에 대한 절대성과 이별에 대한 보편성을 말해 주었다.

대학에 다니는 것이 스트레스이고, 되는 일이 하나도 없다고 화가 날 때마다 수시로 꿈에서도 보이던 혜미를 안고 싶어 중선은 안달이 났다.

혜미와 같이 걸었던 마산의 바닷가에서 그 짜릿했던 키스가 생각나 가슴이 쿵꽝거렸다. 혜미의 체취, 혜미의 입, 혜미의 은밀한 곳까지 한 장면으로 오버랩되며 스쳐 지나갔다.

잠을 자다가 무심결에 중선이 혜미의 배에 발을 올리면 중선이 깰까 봐, 그냥 참고 자다가 밤새도록 돌을 밀어 올리던 시지프스가 된 것같이 온몸이 나른하고 힘이 하나도 없다 면서도, 중선을 덮쳐 오던 혜미의 몸이 생각나 미칠 지경이었다.

이렇게 하루하루가 혜미 생각으로 몸서리를 치고 있을 때 혜미에게 전화가 왔다. 전화를 바꿔 주면서 주인집 아주머니는 새끼손가락을 들어 올리며 여자라고 소곤댔다.

- 난데, 며칠 있으면 휴가야. 임천 가는 길에 대전에 들러 너를 보고 갈려고.
- 그래, 잘됐네. 니가 보고 싶어 눈이 짓무를 지경이야.
- 그건 됐고, 오랜만에 영화도 보고 계룡산 동학사도 가 보고 그러자.
- 아니. 제일 먼저 널 안고 싶어.

중선은 그날 이후 아무것도 손에 잡히지 않았다. 혜미가 오려면 이삼 일은 더 남았는데 기다리는 시간이 너무 지루해 지금 당장이라도 마산으로 가는 기차에 몸을 싣고 싶었다.

발정 난 수캐처럼 헛바닥을 길게 빼고 침을 질질 흘리고 있는 것 같았다. 발정 난 수캐는 성욕을 주체하지 못하고 주인의 무르팍이나, 지나가는 닭을 올라타고 특유의 그 몸짓을 하는 것처럼, 중선도 견디지 못하고 대학교 화장실에서 자위행위를 했다.

학교가 끝나고 집에 와서 달력을 보니 아직도 여러 날이 남아 있었다. 아니 하루도 지나지 않았다. 일각이 여삼추라는 말이 실감났다. 아무것도 할 수 없고, 밥을 먹어도 맛이 없고, 잠도 오지 않았다. 무엇을 참는 것이 이렇게 어려운 줄 몰랐다. 하긴 마산에 있을 때 중선과 혜미는 애무를 즐겨 했다. 산책을 하다가도 몸이 동하면 으슥한 나무 사이로 들어가 서로를 탐했다. 몸으로 아는 것이 무섭다. 다 잊어버렸다고 생각하는 순간, 몸이 기억한다. 어서 빨리 만나서 혜미의 가슴에 불끈거리는 울분을 쏟아붓고 싶었다.

다른 여자와 몸을 몇 번 섞어 봤지만, 혜미와의 그것은 세상 누구와도 비교할 수 없는 행복감을 줬다. 사정할 때 뿌듯한 그 느낌은 태어나서 한 번도 느껴 보지 못한 황홀경이었다.

지금 생각하면 새삼스럽게 혜미와 함께 보낸 밤이 그렇게 소중할 수가 없었다. 그 한밤의 뜨거운 순간이, 공부를 하는 일이나, 등산을 가는 일보다, 훨씬 중요하다는 것을 깨닫는다. 그렇게 밤을 지내고 나면 온몸에 자신감이 생기고 다시 뭔가를 할 수 있겠다는 생각으로 몸이 충만해지며 생기가 돈다. 하여, 며칠간은 참으로 살맛나는 세상이 펼쳐진다.

대전에서 하룻밤을 보내고 중선은 혜미와 함께 임천 장에 갔다. 오래전에 떠나던 때와 별다른 점은 없었다. 장에 사람들이 조금 줄었다는 느낌이 들었다. 싸전이나 생선전에도 사람들이 별로 없었다. 임천 사람들이 부여나 논산, 대전으로 나가서 돌아오지 않는 영향이 큰 것 같다. 멀지 않아 시골은 소멸될지도 몰랐다. 인구가 이렇게 줄어들면 별수 없다.

대조사 밑에 논밭들도 농사를 포기해서인지 벼나 콩, 대신 온갖 잡풀들이 무성했다. 중선이 어렸을 때는 물길이 닿지 않은 천수답에도 사람들은 기를 쓰고 모를 심었고, 비가 안 와서 논바닥이 쩍쩍 갈라지면 미련 없이 갈아엎고, 고구마를 심었다. 그것마저 말라비틀어지면 메밀이라도 심었다. 그렇게 억척스럽게 땅 한 뼘이라도 놀리기를 마다하지 않던 농사꾼들이 세월을 못 이기고 살점 같은 논과 밭을 묵혀두고 있었다.

절 밑에 있는 혜미네 도미 안 콩밭도 예외 없이, 온갖 잡풀과 나무들로, 어디가 혜미네 밭이었던지, 분간조차 어려울 지경이 되어 있었다. 혜미도 난감한 표정을 지었다.

- 여긴가 저긴가 헷갈리네. 이맘때면 땡볕을 가리며 쭈그리고 앉아 콩밭을 매느라고 앞섶이 다 젖어 속곳까지 물텀벙 이었는데, 여름내 여그서 살다시피 혔는디.

저짝인가 보네. 저 미루나무 미티서 엄니랑 즘심을 어지간히 먹었네. 기껏해야 보리밥에 풋고추 몇 개와 푸성귀 한주먹을 보시기에 놔서, 고추장에 썩썩 비비먼 꿀맛이었지. 시장이 반찬이었응게. 중선이 니가 나를 여그서 구해 줬당게. 참으로 고맙네.

- 고맙기는. 팍팍한 타향살이 네가 있어 얼마나 달큰했는데. 때마다 밥해 주지. 빨래해 주지. 말벗이 돼 주니 외롭지 않지. 무엇보다 철철 넘치는 정액을 받아 줘서 고맙다.

- 넌 참, 징하게 많이 했다. 남들 10년 할 걸, 지난 1년 만에 다 쏟아부었을걸.

- 모든 스트레스를 그걸로 풀었던 것 같아.

- 중선이, 니 아버지 묘소나 갈까.

- 뭘 가나. 영화에서 봤는데. 어떤 사람이 대통령이 당선됐어. 고향에 왔다가 아버지 묘에 찾아간 그 대통령이 비서보고 잠깐 차에 가 있으라고 하더니, 바지를 벗고 그것을 꺼내더니 아버지 묘소를 향해 오줌을 갈기더라. 그 대통령이 된 사람은 무슨 생각으로 그랬을까. 오래도록 기억에 남았는데. 나도 가서 아버지 묘에 오물을 갈겨주고 싶어.

- 왜, 니 아버지는 우리 아버지같이 술 먹고 온 동네 사람 늘하고 싸우고 그러시는 않았잖아.

- 물론 그랬지. 술도 못 마시고, 담배도 피지 않았고, 누구하고 한번 싸우지도 않았지. 예의 바르고, 법 없이도 잘 살 사람이라고. 사람들이 다 좋아했지. 그런데 나한테는 모질었어. 초등학교 3학년, 그 어린 것이 무얼 안다고, 무얼 그리 잘못했다고, 그리 무자비하게 매질을 했을까. 4학년 때는 가죽 허리띠로 맞고 기절했었다니까. 중학교 2학년 아버지가 죽을 때까지 공포 자체였어. 불쑥불쑥 그 생각이 나면, 그 새끼 잘 죽었다는 생각을 한당게. 지금 살아 있었으면 나도 내가 어떻게 했을지 모르겠구먼. 한번 시원하게 패주었으면 할 때가 많다니까.

- 그런 아픔이 있는 줄 몰랐네. 누구에게도 말도 못 하고 힘들었겠다.

- 누구나 하나쯤은 그런 걸 가지고 사는 거 아닐까.

중선과 혜미는 성흥산을 돌아 포강으로 해서 옛날 살던 동네에 닿았다. 100가구가 넘던 동네는 드문드문 폐가가 있어 동네가 흉흉했다.

임천 장을 의지해서 살던 사람들은 노쇠해지고, 젊은 사람들이 전부 일자리를 찾아 도시로 나가 돌아오지 않자, 시골에는 노동력이 부족해졌다. 젊은 일꾼들 대신 베트남이나 중국에서 온 일용직 노동자들이 그 자리를 메우고 있었다.

5.

사건

2년 만에 돌아온 학교 캠퍼스는 뭔가 분위기가 완연히 달라져 있었다. 최루탄을 쏘아대던 전경도 사라졌고, 상징탑 광장을 가득 메웠던 시위대도 사라졌다. 학생들의 옷차림도 전에 비해 화사해졌다. 서울에 있는 대학과 분리 데모도 사라졌고, 학교 교명도 달라졌다. 새로운 총장이 취임했고, 학생회도 새롭게 구성된다는 대자보가 학교 곳곳에 붙어 있었다. 함께 입학했던 같은 학번 여학생들은 졸업을 했고, 남학생들은 군대에 갔다 와서 복학해 3학년 수업을 같이 들었다.

여름방학이 얼마 남지 않은, 3학년 1학기 기말고사가 얼마 남지 않은 어느 날 도서관에서 자취방에 오니 주인아주머니가 문을 열고 "중선 학생, 혜미 씨한테서 전화가 왔었어."라고, 큰 소리로 알려 주었다. 공중전화로 달려가 혜미의 기숙사로 전화를 하니 학교에서 아직 돌아오지 않았다고 했다.

오늘은 주간에 일을 하고 야간에 학교에 가는 날인

가 보았다. 혜미는 3교대로 돌아가는 공장 일에 맞춰서 학교도 3교대로 다니고 있었다. 무슨 일이지? 웬만해선 전화를 하지 않고 편지로 연락을 하곤 했는데 무슨 일이 있긴 한 모양인데, 중선은 대수롭지 않게 생각하며 전화 걸기를 포기하고 자취방으로 돌아왔다.

기말고사가 끝나고 며칠이 지나자 혜미가 전화를 걸어왔다. 방학도 했으니 마산으로 오라는 것이었다. 할 이야기가 있다고. 오랜만에 마산행 고속버스에 몸을 실었다. 고속버스 정류장 옆 카페에서 만난 혜미는 얼굴이 많이 상해 있었다. 전화상으로 느껴지던 긴장감이 얼굴에 나타나 있었다. 혜미는 좋아하던 커피 대신 우유를 시켰다. 중선은 얼음을 넣은 얼그레이를 시켰다.

한참 뜸을 들인 혜미가 말했다.

- 나. 임신했어. 8주래. 어제 병원에 갔다 왔어.

중선은 망치로 머리를 세게 얻어맞은 사람처럼 멍해졌다. 임신, 임신이라니.

- 예견된 일이었는데 왜 그냥 지나쳤을까. 너에게 말은 안 했지만, 난 늘 조심했는데 말이야. 피임약도 먹어 봤고, 피임기구도 사용했는데. 이렇게 됐이. 나 이제 고 3인데.

대학 가고 싶은데, 어떻게 해야 할지 모르겠어.

중선은 큰 충격에 휩싸였다. 어떻게 한단 말인가. 두 달이라. 아버지가 된다는 기쁨은 조금도 느껴지지 않았다. 이 일을 어떻게 수습해야 하나 하는 그런 생각만 머릿속을 어지럽혔다.

지난봄 진해에서 군항제가 열린다고 마산에 있는 고등학교 동창들이 한번 내려오라는 말에 중선은 대전역에서 마산으로 가는 야간열차를 탔었다. 군항제보다는 친구들 만난다는 것도 구실이고, 혜미가 아직 거기에 있다는 사실이 중선을 그 야간열차에 몸을 싣게 했었다. 군항제에 갔다가 친구들과 술을 마시고 혼자 사는 친구 집에서 자고 가라는 걸 뿌리치고 마산역 근처에 모텔을 하나 얻어가지고 오랜만에 혜미와 같이 밤을 보냈었다. 그때 같다는 생각이 들었다.

그나저나 어떻게 해야 하나. 망연자실이다. 문득, 어쨌거나, 더 늦기 진에, 빨리 결정을 내려야 한다는 생각이 들었다. 방 하나도 얻지 못해서, 집도 절도 없이 살고 있는데, 다음 학기 등록금도 내지 못해서 또 휴학해야 하게 생겼는데, 어떻게 아이를 낳아서 키우나. 키운다고 해도 모든 걸 포기해야 하는데. 그런데도 불구하고 차마 아이를 지우라고 하는 말은 입에서 나오지 않았다.

모텔에라도 가자는 걸 바쁘다는 핑계로 대전 가는 고속버스를 탔다. 차창으로 스쳐가는 나무와 산과 강이 아무 의미 없이 흘러갔다. 아이는 어떻게 해야 하나. 결혼할 나이는 지났다. 같이 아이 낳고 산다고 해도 하나도 이상할 게 없는 나이이기는 했다. 동거한다고 해도 누가 뭐랄 사람이 없는 나이다. 그런데 말이다. 중선은 준비가 안 돼 있었다. 동거는 마산에서도 했었다. 결혼, 그거는 당연한 수순이었다. 시간이 필요했을 뿐.

아주 오랫동안 혜미를 좋아했으니까. 그런데 아이를 낳고 산다는 생각은 한 번도 해 본 적이 없었다. 왜 꿈에도 그런 생각을 해 보지 않았을까. 건강한 남녀가 같이 산다면 응당 따라오는 필연적인 결과인데, 왜 중선은 한 번도 생각 자체를 해 본 적이 없었을까. 이렇게 닥치고 나서야 생각을 하게 되어 있나. 인간은 아닐 것이다. 중선만 그렇게 둔하고 어리석을 것이다. 자책도 사치다.

지금 당장 결론을 내려야 한다. 아니 중선이 할 수 있는 건 아무것도 없다. 왜냐하면 직업은 학생이고, 집도 절도 없다. 혜미가 그걸 누구보다 잘 안다. 결론은 하나다. 그런데 무슨 미련이 있나. 그런데 중선이 할 수 있는 일은 하나도 없었다. 그저 처분만 바랄 뿐. 그런데 혜미의 생각은 들어본 적이 있다. 커피숍에서 하도 정신이 없어서. 충격이 너무 커서, 아무 말도 못 하고 그저 커피 잔만 초점 없는 눈으로 바라보고 있다가 잘 가라는 인사도 못 하고 나왔다.

혜미는 어떤 생각일까. 뭐 뻔하지. 아이를 어떻게 낳아서 기르겠는가. 대학을 가려고 코피를 질질 흘리며 공부를 한다고 했는데. 그런데 낙태비용은 얼마나 들까. 아무래도 한 학기 등록금보다 더 들 것 같다. 등록금이 없어서 휴학을 밥 먹듯 하는데. 낙태비용을 어떻게 마련해야 하나. 알 수가 없다.

혜미도 공장에 다니면서 돈을 벌며 고등학교에 다니고 있는 형편에 여유가 있을 리가 없다. 대학교 등록금을 마련하기 위해, 기를 쓰고 있는 모양인데. 그 큰 돈을 어떻게 마련한단 말인가. 그 비용은 무조건 중선이 치러야 할 것 같았다. 그런데 돈이 어디서 나온단 말인가.

휴일을 맞아 혜미가 중선이 학교에 다니는 도시에 왔다. 도심 천변 길을 걸으며 중선이 망설이다가 말했다.

- 혜미야, 너희 엄마한테 말을 해 보면 어떨까. 그러면 뭔가 말이 있지 않을까. 아이를 낳으라고 하든가. 결혼식을 올리라고 하든가. 집안에서 상의를 하지 않을까. 그러면 그때 가서 결정을 해도 늦지 않을 것 같은데. 네 생각은 어때.

- 말하면 난리가 날걸. 내 동생이 둘인데, 그 아이들 학교 다니는 것도 버거워서 수업료 낼 때면 나에게 전화가 오는데. 결혼을 시켜 달라고 하라고. 말이 되는 소리를 해야지. 끼니거리도 걱정일 거야. 안 봐도 알아. 슬픈 일이지.
- 그러면 방법은 하나뿐이네. 결론은 이미 나왔고, 언제 병원에 갈 건데. 병원비는 있어? 나는 완전 개털이야. 가진건 그거 두 쪽뿐인데.
- 그러면 수술비용도 내가 내야 돼? 참으로 슬프다. 나 대학 등록금 하려고 모아 놓은 돈이 조금 있긴 한데. 대학에 붙어도 등록금이 없어서 대학 못 다니겠네. 시험에 붙을지도 모르는데. 돼도 학교에 다니지도 못하겠네. 가슴아픈 일이네.
- 언제 어디서 할래. 임신중절 수술도 아이를 낳는 거나 진배없다는데 몸조리도 해야 할 건데 어떻게 하냐.
- 수술은 예약을 하고 몇 시간이면 끝난다고 하니 그날 하루만 회사에 월차를 내면 되는데 어디 가서 며칠 쉬려면 회사에 뭐라고 해야 할까. 그리고 어디 가서 쉬어야 할까. 하루나 이틀만이라도 쉬어야 할 텐데.
- 그러면 대전에서 수술하고 임천 가자. 거기 어디 여관에 가서 쉬자.
- 수술 날은 언제로 하는 게 좋을까.
- 글쎄, 그게 쉽지 않네, 조금만 더 생각해 보고 연락할게.
- 몸이 안 좋거나 그러지는 않아? 입덧을 한다든기. 임신

133

중독 증세 같은 것도 있다던데. 당뇨도 올 수 있고, 하여튼 여러 가지로 증상이 나타난다고 하던데.

- 응. 몸이 이상하지는 않아. 별 다른 증상도 없고, 아직 입덧도 없어. 그런데 이 아이를 버려야 한다는 게 슬퍼. 어찌 되었든 나를 찾아온 생명인데. 참 가슴이 아프네. 대학이고 뭐고 다 때려치우고 아이나 낳고 너랑 둘이 살았으면 하는 마음이 간절해.

내 친구들도 시집가서 아이 낳고 사는 애들이 많아. 뭐 좋은 꼴을 보겠다고 나를 찾아온 아이까지 죽여 가며 대학을 가야 할 필요가 있을까. 중졸이었는데, 고등학교만 졸업해도 감지덕지. 몇 달 있으면 졸업이니 고등학교를 졸업하는 건 아무런 문제가 없을 것 같은데. 꼭 지워야 할까. 아이를 낳으면 안 될까. 하루에도 생각이 열두 번도 더 변덕을 부린다. 배를 움켜쥐고 운적도 많아. 너의 아이잖아. 사랑하는 사람의 아이를 낳기 위해 인공수정을 몇 번씩 하는 사람도 있다던데.

이렇게 쉽게 찾아온 아이를 지워도 되나 모르겠어. 가슴이 아파서 도저히 수술대 위에 누울 자신이 없어. 수술대에 누워 다리를 하늘로 올리고 누워 있어야 한다는 생각이 들 때마다 몸서리를 쳐. 꿈에도 나타나 온몸을 식은땀으로 적실 때가 있어. 새벽에 흠뻑 젖은 몸을 일으켜 화장실에 갈 때마다 기도가 절로 나와. 하나님 이 아이를 지켜 주세요. 내 힘으로는 아무래도 지킬 수가 없을 것

같습니다. 도와주세요. 이 아이가 세상에 태어나 살아갈
수 있게 해 달라고 누군가에게 매달리고 있어.

- 내가 어떻게 해야 하는데.

- 아냐, 죄책감 가질 필요 없어. 말이 그렇다는 거니까. 이
  정도의 갈등도 없이 애를 지울 수는 없잖아. 아이에게 최
  소한의 예의는 지켜야 할 것 같아서 그러는지도 몰라. 어
  제는 일을 하다가 미싱으로 손가락을 박을 뻔했다니까.
  잠깐만 생각이 빗나가면 어딘가를 헤매고 다녀. 아이의
  손을 잡고 슈퍼에 가는 환상을 보기도 하고, 놀이공원에
  가서 아이에게 솜사탕을 사주는 네가 눈에 선하기도 해.
  어떤 땐 잠들어 있는 아이를 업고 방 안을 서성이는 상상
  도 해. 다 부질없는 짓인 줄 알면서도 자꾸만 눈에 밟혀
  눈시울이 뜨거워져. 나도 내가 이런 일이 일어날 줄 몰랐
  어. 아무 미련 없이 지울 수 있을 것 같았어. 왜냐하면 애
  는 또 가지면 되니까. 얼마든지 가질 수 있을 것 같으니
  까. 내친 김에 대학에도 가 보고 싶으니까. 지금은 너하
  고 살 아무 준비가 되어 있지 않으니까. 너도 그렇겠지만
  나도 전혀 예정에 없던 일이니. 삶은 언제나 준비가 안
  된 상태에서 뭔가가 발목을 잡는 거 같아. 어느 날 갑자
  기 교통사고가 날 수도 있고. 아플 수도 있고, 그렇지만
  이 일은 얼마든지 예측 가능한 일이었는데 내가 조심하
  지 못해서 일어난 일이야. 남자와 동거를 하면서 애가 생
  길 수 있다는 생각을 왜 한 번도 안 했을까. 이미 애써 외

면했는지도 몰라.

- 혜미야. 어떻게 하면 좋을까. 대전에다 방을 하나 얻어서 살아 볼까. 아님 임천에 가서 살아 볼래. 동네에 빈집이 있던데, 그거 대충 수리해서 살면 되지 않을까. 거기 가면 너네 엄마도 있고, 우리 엄마도 있고, 굶어죽기야 하겠어. 뭔가 할 일이 있을 거야. 일이 있으면 많지는 않지만 아이 분윳값은 벌지 않겠어. 그러다 보면 살아지지 않을까.

- 나는 임천으로 가는 건 싫어. 경옥이가 병호 오빠하고 그 일이 있었을 때 동네 사람들이 얼마나 수군거렸는데. 우리 엄마도 얼마나 흉보고 혀를 끌끌 차고 그랬는데. 자기 새끼가 혼인도 하기 전에 애부터 가졌다고 하면 기암해서 죽을 거야. 별로 잘해 준 것도 없는데 그렇게까지 잔인해질 수는 없어. 그냥 네가 마산에 와서 살든지, 내가 대전에 와서 살든지 해야 하는데 너도 대학을 그만둘 수는 없을 거고, 나도 고등학교를 졸업하고 싶어. 며칠 후에 회사에 월차를 내고 올라올 테니 적당한 병원이나 예약을 해봐. 아니면 마산에 예약을 해 놓을 테니 네가 내려오든지. 다 정해지면 연락할게.

혜미는 뒤를 돌아보고, 또 돌아보며 눈물을 흘리면서 고속버스에 올랐다. 그렇게 보내는 중선의 마음도 좋을 리가 없었다. 가슴에서 주먹만 한 것이 치밀어 올라 목젖을 막았다. 숨이 쉬어지 않아 얼굴이 붉어지고 가슴이 미어졌다. 어쩌다가 일이 이렇게 되었을까. 터미널에서 혜미를 보낸 중선은 포장마차에 들어갔다. 안주와 소주를 시키고 앉아 그저 멍하니 술만 마시고 있었다. 정말 어떻게 해야 할지 알 수가 없었다. 이 일을 누구하고 상의할 사람도 없었다. 동생들하고 상의할 수도 없고, 그렇다고 엄마에게도 말을 할 수가 없을 것 같아 속이 탔다.

산부인과에 예약한 날 혜미와 중선은 나란히 병원 앞에 도착했다. 병원 문을 열려던 혜미가 눈물을 뚝뚝 흘리며 말했다.

- 도살장에 끌려가는 소가 이런 심정이었을까. 꼭 죽으러 가는 것 같아. 나 안 할래. 그냥 가 우리. 참 못할 짓이다.

뒷걸음질 쳐 나가는 혜미를 손으로 부축하던 중선도 마음이 아팠다. 자기 자식 하나 지키지 못하는 애비로서의 마음이 이런 것인가. 자괴감이 들고, 이 길로 그냥 어디론가 사라지고 싶었다. 근처에 있는 카페에 들어간 중선은 혜미를 의자에 앉히며 말했다.

- 그냥 가자.

- 그냥 가면 어떻게 해. 그러면 아이를 낳자는 말이야? 아
님 어떻게 하려고. 아이는 하루가 다르게 자꾸 커날 텐
데. 그 뒷감당을 어떻게 하려고.

혜미는 자기가 먼저 병원에서 나가자고 해놓고, 중
선에게 화를 내고 있었다. 중선은 그저 말없이 혜미를
바라보았다.

카페에서 차를 마신 혜미는 진정이 됐는지, 결심이
섰는지, 비장한 표정으로 입을 앙 다문채로 병원에 가
자고 말했다. 그 말을 하는 혜미의 얼굴이 사색이었
다. 병원에 도착해 원장 앞에 앉으니 원장이 말했다.

- 수술을 하실 건가요?
- 네. 해 주세요.
- 이분이 아버지인가요. 동의서를 쓰시고 나가 계세요.

2시간쯤 지나 대기실에 앉아 있는 중선에게 간호사
가 다가와서 수술은 잘 끝났고, 산모가 회복실에 있다
고 알려 주었다. 중선이 서둘러 회복실에 가보니 혜미
는 아직 깨어나지 않았다. 혜미를 물끄러미 쳐다보는
중선의 눈가가 촉촉이 젖었다. 조금 있으려니 혜미가
깨어났다. 눈을 뜨자마자 어서 나가자고 일어나서 서
둘렀다. 중선은 조금 더 있다 가자고 말렸으나 듣지 않

왔다.

혜미는 무엇에 쫓기는 사람처럼 허둥대고 있었다. 혜미는 금방이라도 쓰러질 듯 위태로웠다. 중선은 혜미를 힘주어 안다시피 부축을 해서 회복실 침대에 눕혔다. 조금 더 쉬어야 할 것 같았다.

혜미의 파리한 얼굴에는 눈물자국이 선명했다. 그런데도 혜미의 눈에서는 끊임없이 고장 난 수도꼭지처럼 눈물이 흘러내리고 있었다. 중선은 아무런 말도 못 하고 침울한 표정으로 혜미를 지켜보고 있다. 스스로 그렇게 무기력해 보기는 난생처음이었다. 사랑하는 사람을 이렇게 울리는 것도 용서할 수 없는데, 자신의 아이까지 죽었다는 죄책감에 땅으로 푹 꺼졌으면 좋겠다고 생각했다.

이 사태에서 자신의 역할이 절대적이었지만 책임을 질 수 없다는 사실이 화가 나기도 했지만 슬펐다. 책임 질 능력이 없는 인간은 여잘 만나서도 안 되고, 절대로 사랑을 해서도 안 되는 거였다. 앞으로는 섹스도 못 할 것 같았다. 아니 해서는 안 된다.

동물은 발정기가 따로 있어서 그즈음에만 성교를 할 수 있는데. 즉 생식능력은 오로지 후손을 잉태하기 위해서 쓰이는데, 인간은 생식능력이 아니라 쾌락을 위해서도 섹스를 한다. 요즘은 결혼은 해도 아이는 낳지 않는 신혼이 많다고 할 만큼 세대가 변했다. 후손을 보기 위해 씨받이까지 들이던 시절이 불과 100년 전인데. 결혼도 하지 않고 홀로 사는 사람들이 부쩍 늘었다고 한다.

회복실에서 몸을 추스른 혜미가 가자고 했다. 병원에서 나와 2층 계단을 내려오던 혜미가 몸이 이상하다고 해서 아랫도리를 쳐다보니 치마가 시뻘겋게 물들어 있었다. 혜미가 중선보고 빨리 약국에 가서 생리대를 사오라 했다. 혜미를 벤치에 앉혀 놓고 부리나케 약국으로 달려가 생리대를 제일 큰 것으로 사 왔다. 혜미가 화장실로 가 생리대를 채우려고 들어가자 중선도 여자 화장실 안으로 혜미를 부축하며 들어갔다.

화장실을 들락거리는 여자들이 중선을 흘끔흘끔 쳐다봤다. 그러거나 말거나 혜미가 들어간 화장실 문 앞을 중선은 떠날 수가 없었다. 화장실에서 나온 혜미를 데리고 거리에 나섰지만 갈 데가 없었다.

둘이는 점심을 먹으러 식당에 들어갔다. 설렁탕을 시켰는데 혜미는 거의 입에 대지 않았다.

- 우리 임천에 가자. 혜미가 말했다.

혜미가 원하는 대로 임천 가는 버스를 타고 오랜만에 그곳에 도착했다. 대조사 밑에 있는 방 하나를 빌렸다. 사랑채라서 본채와는 떨어져 있어서 행동이 자유로웠다.

우선 아궁이에 불을 지피고, 뜨거운 물을 끓였다. 중선은 집으로 가서 어머니가 쓰시던 살림도구를 묶어 리어카에 싣고 왔다. 쌀도 김치도 조금씩 가져왔다. 중선은 부엌으로 가 밥을 하고 가지볶음을 하고 일회용 황탯국을 데워 조촐한 밥상을 만들었다. 들고 들어가 혜미 앞에 밥상을 놓으니 혜미는 쳐다보지도 않았다. 중선이 할 일이 없었다.

더는 할 일이 없는, 힘들어하는 혜미를 보기가 민망해서 중선은 집을 나와 대조사로 향했다. 한여름의 대조사 오르는 길은 초록으로 뒤덮여 있었다. 뜨거운 태양빛을 맞으며 땀으로 범벅된 몸을 이끌고 오르는 길은 좀처럼 줄어들지 않았다. 마음이 무겁고 심란해서 그런지 다리가 무겁고 발걸음이 더뎠다. 성흥산 등성이 중간쯤 올라 소나무 그늘에 서서 바라본 들판은 온통 초록으로 물들어 있었다. 작렬하는 태양빛 아래 벼들이 줄지어 익어 가고, 밭에는 콩들이 무성하게 자랐다. 머리가 벗겨지게 뜨거운 햇볕에도 콩밭 매는 아낙네가 몇 보였다. 그네들은 베잠방이를 틀어쥐고 앉아 굵은 땀방울을 흘리며 김을 매고 있었다.

대조사에 도착하니 못 보던 노루가 한 마리 있었다. 처음에는 슬금슬금 피하더니 주머니에 있는 사탕을 하나 까서 손을 내미니 코를 빌름내며 다가왔다. 순하고 커다란 눈을 데룩거리며 혀로 핥아 보더니 슬그머니 뒷걸음쳐 멀어져 갔다.

오던 길에 들리던 목탁소리를 따라 지장암으로 향하니 거기 아직도 지장보살을 나지막하게 읊조리며 한 비구가 몸을 굽혀 절을 하고 있었다. 20년 전에 처음 본 그 스님은 아직도 목탁을 치며 지장보살을 읊조리고 있었다. 불전함에 종신기도라고 써 놓은 글씨가 누렇게 변색되어 있었다. 변하지 않는 것이 없는 세상에, 아직도 저 스님은 여전히 하릴없이, 굳세게, 끊임없이, 줄기차게 염불을 하고 있었다.

중선은 그 20년 동안 자신이 얼마나 변했는지 알고 있었다. 어떻게 변했을까. 좋은 쪽으로 나쁜 쪽으로. 무엇이 변했단 말인가. 아버지는 죽었고, 중선은 고등학교를 졸업하고 대학에 입학해 악전고투를 하고 있는 중이었다. 혜미는 아이를 지우고 실의에 빠져 있다. 아직도 중선은 혜미와 눈을 못 마주친다.

요사채를 돌아서려는데 낯익은 그림자가 다가오는 걸 느꼈다. 오래전에 잊어버렸던 이름. 병호 형이었다. 형은 머리를 민 반들반들한 머리를 젖히며 웃고 있었다. 승복이 잘 어울린다고 생각했을 때 덥석 중선을 안으며 말했다.

- 오랜만이구나. 널 본 지가 10년이 넘은 거 같은데, 네 얼

굴엔 네 어머니 얼굴이 있구나. 잘 지냈느냐. 한여름에
여긴 어인 일이냐.

- 내가 할 소린데. 형이 여기 왜 있어. 스님이 되었다는 말
은 혜미한테 들었는데. 여기서 볼 줄은 몰랐네.

참으로 어안이 벙벙했다. 아직도 벙 쩌 있는 중선에
게 병호 형은 요사채 방문을 열고 성큼 들어서며 들어
오라고 손을 까불렀다. 다기가 놓인 찻상을 앞에 두고
앉아 있는 병호 형은 의젓한 중년 스님네 같았다. 조금
있으려니 찻주전자에서 뜨거운 찻물을 수구에 따라
놓고 찻주전자에 작설차 잎을 띄우고 차 잎이 우러나
자 중선이 앞에 놓인 찻잔에 두 번 나누어서 따라 주었
다. 차를 홀짝이고 있는 중선을 향해 물었다.

- 어디서 무슨 일을 하고 사냐.
- 대전에서 대학에 다녀 형. 국문과 3학년.
- 너 중학교 졸업하고, 고등학교에 입학하지 않은 걸로 아
는데. 검정고시라도 봤나.
- 아니 마산에 있는 고등학교를 다녔어. 야간고등학교. 낮
에는 일하고.
- 그래. 대단하네. 고등학교 다닌 것만도 뭐시기 한데 대학
교에 다녀. 아이고야, 중선이.
- 그렇게 됐어. 어쩌다 보니.

- 여름방학이라서 집에 들르러 왔나. 어머니는 잘 계시고.

- 엄마는 보지도 못했어.

- 와, 언제 왔는데 엄마를 안 보고 여기 왜 왔는데. 말이 되나.

- 사실은 혜미와 같이 살았는데.

더 이상은 말을 못 하고 있는 중선에게 병호 형이 재차 물었다.

- 결혼했다는 말이냐. 아님 동거를 했다는 말이냐.

- 어쨌거나, 아이가 생겼는데 어제 하늘나라로 보냈어.

- 왜, 유산했나. 아님.

- 응, 그렇게 됐어. 나는 아직 대학교 3학년이고, 혜미는 고 3이야. 그것도 핑계인지도 모르지. 누구에게 말도 못 하고 몇날며칠 고민하다가 어제 대전에서 일을 치르고 절 밑에 집에서 쉬고 있어.

- 그랬구나. 어린 생명을 위해 천도재라도 올려야 쓰겠다.

- 아니, 무슨 그런 걸 해. 태어난 생명도 아닌데.

- 아니, 그렇지 않아. 배 속에 있을 때 이미 하나의 생명이야. 잉태하면 그 순간 이름이 지어지는 거지. 너는 아이의 태명이 없었어?

- 이제 2개월이라는데, 태명은 무슨 태명이야. 아이가 생긴 걸 안 지도 며칠 안 되었구먼.

- 내가 절에 있어 보면 아이는 고사하고 반려견이나 반려

묘가 죽었다고 천도재를 하러 오는 사람들도 더러 있어. 하물며 배 속에 들었던 아이를 위해 천도재를 올리는 게 이상할 건 없잖아.

중선은 갑자기 할 말이 없어졌다. 집에서 키우던 개나 고양이가 죽어도 천도재를 지낸다고.

- 낙태아는 믿었던 부모에 의해 원치 않는 죽음을 당했기 때문에 태아영가 천도재를 해 주고 참회와 함께 극락왕생을 빌어주어야 마땅한 거야. 혼전 낙태를 하고 결혼을 한 뒤 얻은 자녀가 영가 장애의 영향으로 원인을 알 수 없는 질병이나 우환이 생기는 사례가 드물지 않다고 해.

중선은 할 말이 없었다.

- 여성의 자기 신체에 대한 자율권이 보장되고 낙태가 합법화되었다고 해도 태어나는 생명을 이기적인 이유로 꺾었다는 죄책감과 심적 갈등은 우울증으로 발전하기도 하니 혜미를 위해서라도 태아영가 천도재를 올리고 참회와 기도로 낙태영가를 위로하고 마음을 치유할 필요가 있어.
- 돈은 얼마나 드는데.
- 돈은 걱정하지 마라. 내가 알아서 해 줄 테니. 혜미와 같이 외라. 내일이 초하루이니 내일 하지그니. 그냥 이이

옷이나 하나 구해 와라.

- 아, 그러고 보니 형과 경옥이 사이에도 아이가 하나 있지 않았어?

- 그랬지. 그 아이가 잘못되고 나서 경옥이도 죽었고, 나는 중이 되었지. 참으로 힘든 세월이었다. 경옥이가 너무 어린 나이에 애를 가져 집안에 평지풍파를 일으켰어. 그 뒤로도 모든 것이 평탄치가 않았지. 내게 무슨 업보가 그리 많았는지. 어미 아비의 업보까지 다 짊어지고 가기에는 너무 버거웠어. 나도 변변한 학력도, 변변한 이력도 없이 장돌뱅이처럼 이 장 저 장 떠돌아다니던 시절에 경옥이를 만나 사랑을 하고 애가 생겼는데, 경옥이 어머니에게 가당키나 하겠어. 내게 외삼촌이 유일한 피붙이였는데 그분도 아이 넷을 낳아 키우느라 정신이 없던 시절이라. 나에게까지 돌아올 무엇이 없었어. 경옥이 집에서는 반대가 자심해서 아이를 지우라고 생난리였더랬어. 아이만 없어지면 모든 것이 일상으로 돌아가겠는데, 경옥이는 고집을 부리지. 남자라고는 아무 짝에도 쓸모없는. 일가친척 하나 없는 천애고아지. 경옥이는 나이가 너무 어려 고등학교 입학을 앞두고 있지. 경옥이 어머니도 미치지 않고 견디는 게 용해 보였어. 나중에는 차라리 내가 경옥이를 설득하기 시작했어. 그런데 듣지를 않는 거야. 애가 잘못되면 자기도 죽겠다고, 무슨 약인가를 가슴에 품고 다녔어. 그러다가 안 되겠다 싶어 야반도주를 했지. 짐

은 아주 단출했어. 입은 옷과 경옥이 집에서 가져온 어머니 패물이 전부였으니까. 그길로 부산으로 가는 기차를 탔어. 부산에서의 삶은 참으로 고달팠어. 그러다가 아이가 죽었지. 보름이 넘게 앓고 일어난 경옥이가 그러더군. 자기는 집으로 간다고. 나는 잡지 않았어. 기차표를 끊어주고, 나도 합천 해인사로 가서 행자생활을 시작했지. 그렇게 됐네.

병호 형은 긴 이야기 끝에 한숨을 내쉬며 문밖에 핀 수국을 바라보았다. 차 한 모금을 마시더니 눈물이 글썽한 눈으로 중선을 마주보며 네 이야기를 해 보라고 말했다.

중선은 할 말이 없었다. 아니 아직 그 아이를 입에 올리지 못하겠어서 혜미에게 어디 간다고 말도 하지 않고 나왔다고, 병호 형에게 말하고는 대조사를 벗어나 성흥산으로 향했다.

성흥산 사랑나무는 변함없이 그 자리에 서 있었다. 초등학교 4학년 때 소풍가서 처음 만난 그 나무는 20년이 지난 지금도 짙푸른 무성한 잎을 달고 중선을 맞았다. 중선은 그 너른 나무를 안고 인사를 나누었다. 잘 있었느냐고, 친한 친구에게 말하듯 그렇게.

고향에 올 때마다 오르고 또 오른 성흥산은 올 때마나 나른 느낌으로 다가왔다. 아이를 먼저 하늘나라로 보낸 오늘은 발아래 보이는 풍경이 모두 슬퍼 보였다. 저 멀리 누워 있는 칠산강도 눈물을 뚝뚝 흘리며 느릿느릿 어딘가 먼바다로 흘러갔다. 그 강 앞에 있는 들판도 사랑나무에서 가열차게 울어대는 매미소리 때문인지 서러워 보였다.

아버지 어머니, 할머니 할아버지들이 대를 이어 모를 심고 나락을 베어 쌀을 장만하고 사는 삶이 얼마나 고달팠을까. 앞뜰에 있는 논밭을 보며 그런 생각을 하고 있는데, 일제 강점기 수탈의 대상이었던 쌀을 싣고 곡창지대를 흘러가는 배에 인생을 걸었던 사람들이 있었다고 할아버지에게 들었던 말이 생각났다.

강 건너 군산에서 미두에 미쳐 살았다던 할아버지가 재산을 탕진하고 알거지가 되어 임천으로 흘러들어와 살기 시작하면서 우리 가족은 임천에 정착했다고 했다.

이제는 멀리 떠나야 할지도 모르는 일이었다. 성흥산에서 내려오는 길에 혜미가 혼자 있는 시간이 너무긴 거 아닌가 하는 생각이 번뜩 스치면서 걸음이 빨라지기 시작했다. 다행히 혜미는 자고 있었다. 먹는 것도 시원찮은데 잠만 안 될 것 같아 깨우니 짜증을 부렸다.

내일은 임천장이 서는 날이니 뭐라도 사다가 끓여야겠다는 생각을 했다.

다음 날 아침 일찍 중선은 임천 장으로 향했다. 밥

을 못 먹고 앓아누운 혜미를 위해 뭐라도 사다 먹여야 할 것 같았다. 저러다가 어디 아프기라도 하면 정말 난 감하고, 감당 못 할 큰일이리라. 어슬렁어슬렁 장 여기 저기를 돌아보다가 아버지가 옷 장사를 하던 싸전 옆에 섰다.

아버지가 장사를 하던 옷 전에는 낯선 젊은 남자가 옷을 팔고 있었다. 그 앞에 황 대장네 대장간도 예전과 진배없이 풀무가 열심히 돌아가고 있었다. 늙은 황 대장과 눈이 마주친 중선은 고개를 숙여 인사했지만 황 대장은 모르는 눈치다. 눈만 꾸벅꾸벅하다가 돌아서 대장간으로 들어갔다. 아버지 지인인 아버지 점포 뒤꼍에 있는 건어물장사도 부부가 열심히 물건을 팔고 있었다.

모시전을 지나 생선전으로 들어서니 특유의 비릿내가 진동했다. 홍어라도 사다가 푹 삶아 수육으로 만들어 먹이려고 이것저것 살펴보던 중선의 눈에 생선전 옆에 옹색하게 좌판 하나에 올려진 고기에 중선의 눈이 멈췄다.

앞다리. 뒷다리. 짐승의 머리가 가지런히 놓여 있었다. 저걸 하나 사다가 솥에 넣고 끓이기만 하면 되지 않을까. 생각했다. 어머니는 중선이 어렸을 적 저렇게 짐승의 다리 하나를 사다가 푹 끓여서 곰탕을 만들어 주기도 했고, 고기를 잘게 쪼개서 접시에 담아 먹을 수 있게도 해 주었었다. 그 고기를 한 첨 들고 소금이나 초장에 찍어 맛있게 먹던 기억이 나서 망설이다가 그걸 한 다리 샀다.

혜미가 있는 집에 돌아온 중선은 사 온 다리를 깨끗이 물에 씻어 솥에 물을 적당히 붙고 장작불을 피웠다. 1시간 남짓 불을 때니 솥에서 김이 나고 펄펄 끓기 시작했다. 솥뚜껑을 열어 꼬챙이로 찔러 보니 무르긴 했는데 아직 덜된 것 같았다. 졸아든 물이 눈에 거슬린 중선은 물 한 바가지를 더 붓고 솥뚜껑을 닫았다.

2시간이 지나자 뿌연 국물이 우러나고 냄새도 구수해졌다. 소쿠리에 고기를 건져 놓고 손으로 고기를 갈기갈기 찢기 시작했다. 어느 정도 먹을 만큼 찢어지자 그것을 소반에 담고, 국물을 대접에 담아 간을 보니 맹탕이었다. 소금으로 간을 해서 들고 들어가 혜미를 깨워 앉히고 숟가락을 들려주었다.

혜미는 눈물이 그렁그렁한 눈으로 무엇이냐고 묻고 있었다. 중선으로 속으로 말했다. 그냥 먹어. 너 그러다 죽어. 산 사람은 살아야지. 하긴 새끼 잃은 어미가 밥이 넘어갈 리가 없지. 잘 넘어가면 그게 이상하지. 도대체 내가 무슨 일을 저질렀는지 가슴이 아팠다.

- 그냥 먹어. 어서 국물이라도 입에 떠 넣어. 우리 엄마가 해마다 해 주던 보양식이야. 흉내만 내봤어. 그래도 고기

를 삶은 물이니 푸성귀를 끓인 국보다는 나을 거야. 어서
먹어 봐.

- 입맛이 없어. 입안이 쓰다 못해 소태야. 그나저나 나 마
산에 가야 하는데. 큰일이네. 짤리면 안 되는데. 학교도
마쳐야 하고. 할머니가 죽었다고 거짓말하고 며칠 말미
를 얻기는 했는데.

- 나 때문에 생사람 여럿 잡는구나. 어쨌거나 빨리 먹어.

- 새끼 잡아먹은 년이 무슨 낯짝으로 밥을 먹어. 벼락 맞아
죽을 것이구먼. 하는 수 없기는 했는데. 이것저것 생각하
지 말고 애나 낳고 너하고 살고 싶은 맴도 간절했는데. 네
앞길 막는 것이 아닌가 하는 것이 가장 가슴이 아팠어야.

- 어제 대조사에서 병호 형 만났어. 형이 스님이 된 걸 첨
봤네. 아이를 위해 천도재를 올려준다더만. 할까 말까.
니가 정해. 하자는 대로 할 테니까.

- 경옥이 애도 죽었다고 들었는데, 그 아이도 천도재를 했
나 모르것구만. 어린 것들이 불쌍해서 어쩐다냐. 열매는
고사하고 뿌리도 내리기 전에 어째 그런다냐.

중선은 나직하게 당나라 맹호연의 유명한 한시 하
나를 암송하기 시작했다. 혜미에게 위로를 주고 싶었
다. 모든 생명 있는 것들은 다 죽는다는 말이다.

어릅날 새벽

여름잠 취해 날 밝은 줄 몰랐는데

여기저기서 들려오는 새소리

밤사이 비바람에,

꽃잎은 얼마나 졌으려나.

- 여름날 새벽 시인을 깨운 건 새소리지만, 시인이 마음을
  기울인 것은 밤새 비바람에 떨어진 꽃잎이다. 떨어진 꽃
  잎에 가슴 아려하는 시인의 마음에 오랜 여운을 남기지.
  불우했던 시인이 아쉬워한 것은 꽃이 아니라, 헛되이 보
  낸 지난 세월이었을 것이다. 하지만 이런 자기 연민보다
  세상으로부터 버림받은 사람들에 대한 동정으로 이 시를
  읽어도 좋을 것이야.
- 왜 쓸데없이 슬픈 시를 낭송한대. 애를 지우고 애간장을
  태우는 산모에게 들려주는 시치고는 아주 고약하네.
- 어서 먹어. 식은 거 같으니 다시 가져올게. 오늘은 무슨
  일이 있어도 조금이라도 먹어야 해. 너마저 꽃잎 지듯 보
  낼 수는 없으니께.

중선은 개다리소반을 들고 부엌으로 향했다. 가져
온 음식을 커다란 양푼에 부어 버리고 새 국과 고기를
퍼 담아 방으로 들어가 혜미가 앞에 놓았다.

이튿날 혜미와 중선은 대조사에 올랐다. 대웅전에

서 천도재를 준비하던 병호 형이 돌아보더니 미소를 지으며 나와 중선과 혜미를 맞았다. 혜미이를 죽 훑어보더니 혼잣말로 중얼거렸다.

- 못 쓰게 변했구먼.

중선은 그 와중에도 지장암에서 들리는 염불소리가 신경 쓰였다. 지-장-보-살, 지-장-보-살. 끊어질 듯 이어지는 그 소리에 중선은 안심했다. 20년 전에 본 그 스님은 젊고 허우대가 멀쩡한 정정한 중이었는데, 며칠 전 명부전에서 본 스님의 뒷모습은 허리가 꾸부정하고 깎은 머리가 흰머리가 된 중늙은이였다. 병호 형과 마주앉은 혜미는 눈물이 그렁그렁했다.

- 중선아, 저 스님이 누군지 모르나? 외할머니 막내아들이라더라. 공부를 잘해서 전주 사범학교까지 공부를 해가 임천초등학교 선생님이었다는데, 한새울에 사는 부잣집 딸내미를 사귀었는데 애를 뱄다는구나. 그런데 그 집에서 아무것도 없고 집안도 형편없다고 반대를 해서 애를 떼게 되었다는구나, 그리고 나서 저리 출가를 해서 그 아이의 극락왕생을 빈다고 저리 날이나 밤이나 저렇게 기도만 한다는구나.

중선은 어렸을 적 부처님 날에 대조사에 오던 기억을 떠올렸다. 외할머니는 그즈음 대조사에 오면 늘 명부전 쪽으로 눈길을 주고는 한숨을 폭 쉬고 하늘을 바라보다가 옷소매로 눈가를 훔치곤 했었다. 어린 중선은 그저 어리둥절해서 외할머니의 치맛자락을 잡고 대웅전 쪽으로 발길을 돌리곤 했었다.

- 형이 하는 말이니 거짓말은 아니겠지만, 믿을 수가 없네. 몇십 년 동안 왜 아무도 말을 하지 않았지. 엄마도 이모도 외할머니도. 큰외삼촌도. 이종사촌 중에도 더러 아는 사람이 있었을 텐데, 왜 아무도 말을 하지 않았을까. 참 알다가도 모를 일이다.

천도재가 시작되었다. 병호 형은 가사 장삼을 걸치고 목탁을 두드리며 긴 법문을 읊조리며 연신 부처님을 향해 절을 했다. 그 때마다 중선과 혜미도 일어나 절을 했다. 혜미는 쉴 새 없이 눈물을 흘렸다. 병호 형이 망자를 위해 뭔가를 한다는 느낌이 들었지만, 피부에 와닿지는 않았다. 그저 병호 형이 하는 대로 일어나서 절을 하고 다시 앉고, 다시 일어나 절을 하고 나니 어느새 천도재는 끝났다. 마지막으로 혜미가 사 온 아기 옷을 태우고 천도재는 끝났다.

혜미이와 중선은 길을 나섰다. 마산으로 가기 위해. 지척에 엄마, 아빠를 두고도 들여다보지 못하고 가는 것이 못내 아쉬운지. 중선과 헤어지는 게 어려운지. 아이를 지운 몸이 아직 덜 아물었는지. 느릿느릿 걷는 혜미의 발걸음에 맞춰 걷느라 힘이 들었다. 맥없이 팔다리는 풀리고 매가리 없이 고개를 기웃대다가 휘청 넘어졌다. 놀란 혜미가 얼굴을 찡그리며 쳐다보고 있었다. 여름 햇빛은 사정없이 내리쬐는데 한가로운 시골 풍경은 다른 세계에 사는 것 같은 착각이 들게 했다. 마음은 심란해서 헝클어진 실타래처럼 뒤죽박죽인데 이렇게 아무 일 없다는 듯 한가로울 수 있다는 게 도저히 현실이 아닌 것 같다. 한마디로 지극히 비현실적이다.

임천 차부에서 부여 가는 버스를 타고 가면서도 중선은 한마디 말이 없었다. 그저 혜미한테서 눈을 떼지 못하고 그녀의 기색만 살피고 있었다.

대전에서 잠시 쉬어 점심을 먹고 고속버스에 몸을 실었다. 아무래도 혼자 보내기가 안쓰러워 중선도 표를 사고 옆자리에 앉았다. 임천에서 대전에 오는 동안 입이 얼어붙은 모양인지 한마디도 안 하던 혜미가 입을 열었다.

- 중선아, 너는 여그서 내려. 마산 가면 잘 데도 없고, 차비도 들이. 등록금도 없어서 휴학해야 할 판인데 그냥 들이

155

가. 난 괜찮아. 수술하느라 돈이 많이 들어 어쩐다냐. 돈이 많이 들었을 텐데. 돈이 많이 들었을 텐데.

- 걱정하지 말어. 마산 가면 고등학교 동창도 있고, 전에 다니던 직장에 같이 근무하던 동료들도 있으니 하룻밤 자는 것은 어렵지 않을 거야. 이참에 오랜만에 보고 싶은 친구들 만나 막걸리라도 한잔하면 기분도 전환되고 좋을 거야.

- 그래도 왕복차비도 솔찮이 들겠고, 친구 집에서 잘려면 뭐라도 손에 들고 가야 되고, 돈을 아껴야 다음 학기 등록을 하지. 네가 하루라도 빨리 대학을 마쳐야 우리가 같이 살든지 하지.

- 그렇기는 한데, 오늘은 내가 네 말을 못 듣겠다. 기숙사 앞까지 데려다줘야 마음이 개운하지. 아무 소리 말고 그냥 가자. 차표도 끊었는데.

그러거나 말거나 고속버스는 마산을 향해 출발했다. 중선은 고속버스가 부러웠다. 갈 곳이 정해져 있다는 건 축복이다. 고민 안 하고 출발할 수 있고, 목적지가 있으면 방황할 일도 없지 않을까. 중선이 가는 인생길은 왜 이리 갈팡질팡인지, 알 수가 없다. 언제쯤 이 구렁텅이에서 빠져나와 편안한 생을 이어갈 수 있으려나. 그런 날이 오기는 오려나 몰라. 중선은 의자에 깊숙이 몸을 누이고 눈을 감았다. 아주 오래된 피로

가 몰려왔다. 감은 눈 사이로 중선의 인생에서 가장 힘들었던 지난 며칠이 긴 기차처럼 지나간다.

산부인과 의사가 묻던 말. 애 아버지 되세요. 여기다 서명해 주세요. 한여름인데도 손이 떨리고 곱아서 중선이라고 쓰는 게 힘겨웠다. 겨우 쓴 이름 위로 눈물이 한 방울 뚝 떨어졌다. 이름을 쓰고 고개를 들었을 때 누워 있던 혜미의 눈과 마주쳤다. 혜미도 울고 있었다. 간절한 눈빛으로 중선을 쳐다보다 혜미는 고개를 돌렸다. 여기서 멈출 수는 없다. 아주 많은 말들이 중선의 뇌리에 스쳤지만 말로 되어 나오지는 않았다. '혜미야, 우리 아이를 낳자.' 중선이 사인을 마치자 간호사는 미련이 없다는 듯 혜미가 누워 있는 침대를 밀고 수술실로 들어갔다. 곧이어 수술 중이라는 빨간 램프가 핏빛으로 깜박였다.

길목을 지키고 있던 고양이가 조그만 쥐새끼 한 마리를 잡아 놓고 죽이지도 않고 잡아먹지도 않고 그야말로 가지고 놀고 있다.

찍찍거리며 발버둥쳐 버르적거리며 몸으로, 그 작은 걸음으로 있는 힘을 다해 도망치면 성큼 다가가 앞발로 쥐새끼를 친다. 쥐가 뒤집어져서 방향도 모르고 종종걸음으로 어느만큼 달아났다 싶으면 고양이는 그 긴 다리로 몇 발자국 다가가 입으로 물고 마루도 올라와 바닥에 놓아두고는 앞발로 쥐새끼를 옴짝 못 하게 잡고는 먹음직스럽다는 듯 그 긴 수염을 벌름거리며 쳐다보고 있다. 한 치 앞에 다가온 죽음에 숨이 막히는지 부르르 떨던 쥐는 있는 힘을 다해 가까스로 벗어나 마루에서 도망치다가 토방에 굴러 떨어지고 몇 발자국 달리다가 마당에 떨어져 나뭇단 속으로 달아나는 것을 보고는 이제는 벗어났겠구나 싶었는데 어느새 고양이의 입에서 찍찍대는 소리가 들린다. 그야말로 부처님 손바닥에 손오공이다. 그의 온몸에 소름이 쪽 끼친다. 쥐새끼도 본능적으로 알았으리라. 가지고 놀다가 싫증이 나면 고양이에게 최고의 간식이 된다는 사실을…….

6.

원하든
원하지 않든

어제 백화점에서 만나자는 혜미의 전화를 받고 아무 생각 없이 약속시간 한 시간 전부터 중선은 백화점 서적코너에서 책을 보고 있었다. 약속시간이 얼마 지나지 않아 곧 이어 나타난 혜미는 다짜고짜 귀금속코너로 중선을 데리고 갔다. 남자용 시계와 여자용 예물 시계를 둘러보았다. 이것저것 시계를 둘러보는 혜미를 보고 점원이 말했다.

- 어머, 결혼하시나 봐요. 좋은 걸로 골라드릴게요.

신랑 시계는 중선의 손목에 채워 주며 '어머 근사해요.'라고 했다. 여자 시계는 혜미가 손목에 걸쳐 보았다. 여러 가지 시계를 만지작거리다가 요즘 잘나간다는 디자인으로 골랐다.
시계를 포장지에 싸서 주면서 직원이 말했다.

- 신혼여행 잘 다녀오세요.

중선은 혜미에게 그런 농담을 많이 했었다. 우리 결혼할 때 혼수는 다 필요 없고, 롤렉스시계 하나만 사오면 된다고. 그러면 혜미는 말했었다. 그러면 살림살이는 무슨 돈으로 사냐고.

그러거나 말거나 중선은 롤렉스시계를 사 주지 않으면 결혼을 안 할 생각이었다. 그건 아주 오래된 중선의 생각이었다. 누구라도 롤렉스시계를 사 주면 결혼을 하겠다고 마음을 먹었다. 뭐 그게 잘못인가. 약간 철이 없어서 그렇지. 중선에게 언제부턴가 결혼의 로망은 롤렉스시계였다.

백화점 지하에서 점심을 먹기 위해 시식코너로 가는 길에 여행사가 있었다. 혜미가 지하로 가다가 여행사로 들어갔다. 여직원이 다가와 어디로 여행을 갈 거냐고 물었다,

- 신혼여행을 알아보려고 왔는데요.
- 요즘 신혼여행은 제주로 많이 가는데요. 어머, 결혼하시나 봐요. 요즘 드물게 해외로 가는 사람도 있어요. 싸이판이나 발리로 가는 사람도 있습니다만. 어디로 가실지요.
- 아직 정해진 건 없지만 며칠 있으면 결혼식이니 그것도 알아보려고요.

- 가는 지역에 따라서 서비스가 다릅니다. 첫날밤에 신부에게 꽃 배달 서비스가 제공되는 상품도 있습니다. 샴페인과 와인 중에 택일할 수 있는 상품도 있고요.

중선은 파리로 여행을 가 루브르박물관과 오르세미술관. 커다란 수련이 있다는 모네의 그림이 걸려 있는 미술관을 둘러보는 게 오랜 버킷리스트 1번이었다. 물론 프랑스 음식도 먹어 보고, 몽마르트르 언덕에 가서 길거리 화가들도 보고 싶었다. 드골 공항 면세점에 들러서 롤렉스시계도 하나 사고 싶었다. 언제 그런 날이 올지 몰라도 꿈을 꾸고는 있었다.

혜미는 이곳저곳 비행기 삯과 호텔비용을 물어본 다음. 패키지로 갈지 배낭여행으로 갈지, 또 어디로 갈지, 정하지 못하겠으니, 다음에 한 번 더 오겠다며 여행사를 나왔다.

백화점 지하에 있는 시식코너에서 회전초밥 몇 점으로 점심을 먹은 중선과 혜미는 이불코너로 자리를 옮겼다. 이불코너에는 각양각색의 이불이 철따라 크기별로 진열돼 있었다. 그중에 체크무늬 바탕에 꽃이 수놓아진 소박한 이불이 혜미의 눈에 많이 가는지 오래 만져 보고 고민하는 눈치였다. 침대보와 베개를 고르고, 진열돼 있는 침대에 나란히 누워 히히거리고 있는데 점원이 다가와서 정리가 다 되었다고 말을 했다.

혜미가 가격을 카드로 지불하고 배달할 주소를 알려주고 나왔다.

다음은 옷가게로 향했다. 집에서 입는 홈웨어를 고른다고 2층으로 올라갔는데, 그 속옷가게 옆에 예전에 혜미와 중선이 커플룩으로 입었던 브랜드 가게가 있었다. 대학을 졸업하고 취직이 되었다며 기념으로 혜미가 사 준 그 티는 지금도 중선 옷장에 걸려 있었다.

벚꽃 무늬 화사한 잠옷을 만지작거리던 혜미는 중선에게 오라고 손짓을 했다. 중선이 다가가자 남자용 체크무늬 잠옷을 중선의 목에 대보며 고개를 갸웃거렸다. 무엇이 마음에 안 드는지 이것저것 고르던 혜미는 처음 보았던 체크무늬 잠옷으로 결정하고, 옆에 있던 꽃 분홍 홈드레스도 하나 샀다. 그리고 남자용 잠옷도 하나 샀다. 옆에 있던 점원이 말했다. "어머, 예비 남편분 거 진짜 잘 어울리네요." 혜미는 흡족한 마음으로 돈을 치루고, 주소를 알려주고 이곳으로 보내 달라고 한 다음 매장을 빠져나왔다.

- 이제 어디로 가야 하는데?

중선이 피곤에 지친 목소리로 투덜댔다.

- 아무 소리 안 하고 따라온다고 했잖아. 가전제품 매장으

로 갈 거야.

　지하 2층에 있는 가전매장에 도착한 혜미는 TV, 냉장고, 세탁기, 전기밥솥, 전자레인지, 스타일리스기, 신발청소기, 등 이것저것 둘러보고 가격만 종업원에게 물어본 다음 그냥 나왔다. 왜 그냥 나오냐는 중선의 물음에 혜미는 아무 말이 없었다.

　중선은 더 이상은 못 돌아보겠다는 듯 간이의자에 앉았다. 혜미는 지치지도 않는지 잡다한 세간살이가 진열된 매장에 들어섰다. 이것저것 둘러보던 혜미는 중선에게 다가와 오늘은 이만 가자고 말하고 빠른 걸음으로 백화점을 벗어났다.

　중선은 조금 걷다 버스를 타고 도서관으로 향했다. 오늘은 사서에게 부탁한 책이 도서관에 들어오는 날이다. 요즘은 책을 독자가 주문하면 도서관에서 책을 사서 비치하는 제도가 생겼다고 해서 지난번에 주문을 했었다.

　요즘 중선이 시간이 없으면 아침도 안 먹고 가는 곳이 도서관이었다. 아침 9시부터 12시까지는 무슨 일이 있어도 도서관에서 글을 쓰거나 책을 읽는 일이 하루 중 가장 중요한 일이었다. 모든 약속이나 모든 잡다한 일들은 무조건 12시 이후에 처리하거나 약속을 미뤘다. 그렇게 1년만 버텨 볼 작정이었다.

소설 〈개미〉를 쓴 베르나르 베르베르라는 프랑스 작가가 어느 인터뷰에서 자기는 아침 9시부터 12시까지는 무조건 컴퓨터 앞에 앉아 글을 쓴다고 말했다. 대신 12시 이후에는 자유롭게 책도 읽고, 영화도 보고, 친구도 만나고, 미뤄 놓았던 일을 한다고 했다. 그런 게 묘하게 설득력이 있어서 어느 날부터 중선도 흉내를 내보고 있는 중이었다.

그 작가에 의하면 하루 그만큼만 글을 써도 1년에 책 한 권이 만들어지더라는 것이다. 대신 하루도 거르지 않고 해야 한다는 게 중요하다는 것이다. 중선이 몇 달 그것을 실천을 하는 중인데 그게 그렇게 녹녹한 일이 아니었다. 결코 쉬운 일이 아니었다.

출근하는 것도 아니고 학교를 가는 것도 아니고 구속력이 없는 일에 자신의 의지로 뭔가 목표를 세우고 하루도 빠짐없이 실천한다는 것은, 수도승이 모든 일상사에 금욕을 하고, 수련하는 것만큼이나 힘겨운 일이었다. 그래도 월요일에 도서관이 쉬는 날이 있다는 것이 얼마나 다행스런 일인지 모른다.

대학을 졸업하고 여기저기 원서를 넣어 봤지만 나이도 많고, 지방대 국어국문학과 출신이 할 수 있는 일은 학원 강의를 하거나, 9급 공무원시험을 볼 수밖에 없는 현실에 절망했다. 어렵게 손에 넣은 교사자격증도 임용고시라는 벽 앞에 아무 쓸모가 없었다.

그나마 학원에서 글짓기 논술을 가르치며 명성도 조금 얻었고, 돈도 조금 만졌는데 대학에서 논술시험을 폐지하면서 그것도 빛 좋은 개살구가 되었다. 학생 수는 현저히 줄고 페이도 줄어서 어쩔 수 없이 밀려나고 보니 중선이 인생이 서글퍼졌다.

그래서 생각한 것이 엎어진 김에 쉬어 간다고. 오래전부터 하고 싶었던 소설을 써 보자는 것이었다. 대학교 다닐 때 몇 편의 단편소설을 썼고, 여기저기 응모해서 상도 몇 개 탄 중선은 이 길로 가는 것이 맞겠다는 결론을 내렸다. 저녁에 편의점에 가서 몇 시간 알바를 해서 입에 풀칠이나 하고, 사는 주제이기는 하나, 도서관에서 책을 보거나 글을 쓸 때 제일 행복한 것 같았다.

한 편의 단편소설을 완성해서 집 앞에 있는 복삿집에 가서 프린트를 하고, 옆에 있는 우체국에서 100원 주고 봉투를 하나 샀다. 프린트한 단편소설을 금방 산 봉투에 넣어 서울에 있는 신문사 주소를 써서 붙였다.

올해 또 떨어지면 이 일도 그만두어야겠다는 다짐을 했다. 능력이 없는 걸 알면서도 붙잡고 늘어지는 것은 어리석은 일이다. 혹자는 포기하지 말고 오래 붙잡고 있어야 한다고 말하지만 모든 것이 때가 있는 거 아닐까. 사법고시에 10번 넘게 지원하는 바보 같은 사람도 있고, 신춘문예에 서너 번 떨어지는 건 다반사라 하지만, 중선은 그렇게까지 하고 싶지는 않았다.

소설을 보내고 할 일 없이 빈둥거리는데 혜미가 또 찾아왔다. 이번에는 결혼식 피로연에 입을 한복을 장만해야 하는데 같이 한복집에 가자는 말이었다. 중선이 안 간다고 말하자, 혜미는 일당으로 10만 원을 주겠노라고 말하며 눈을 빛내고 있었다. 돈이 궁한 중선은 컴퓨터를 끄고 집을 나섰다.

한복집에 도착한 혜미는 한복집 나이 지긋한 여자가 신혼부부냐고 물어보자 혜미는 한 치의 망설임도 없이 그렇다고 말했다. 주단, 비단 천별로 고르다가 천이 정해졌고, 문양을 골랐다. 한복을 맞추면서 든 생각이 한복 한 벌 맞추는데 이렇게 많은 고려사항이 있다는 사실에 머리가 어지러울 지경이었다. 중선은 포기하고 소파에 깊숙이 드러눕다시피 앉아서 여자들이 하는 말을 듣는 둥 마는 둥 하다가 든 생각이 이 짓도 얼마 안 있으면 끝난다는 사실이 뇌리를 스쳤다. 결혼식 날이 며칠 앞으로 다가와 있었다.

한복집을 나와 점심을 먹고 영화를 보러 갔다. 영화관에서 나오니 저녁이 다 되어 있었다. 둘이는 약속이나 한 듯 모텔로 들어갔다. 뜨겁게 사랑을 나누고 밤 10시가 넘어 각자의 집으로 돌아갔다.

며칠 지나자 또 혜미가 또 찾아왔다. 시내에 볼일이 있으니 같이 가자는 것이었다. 이번에는 역전에 있는 중앙시장으로 갔다. 혜미는 그릇가게로 민지 빌길을 옮겼다. 밥공기와 국그릇을 보던 혜미는 찻주전자와 찻잔이 있는 곳으로 가더니 중선에게 어떤 게 마음에 드느냐고 물었다. 그걸 왜 나한테 물어보나 하는 눈빛으로 중선이 쏘아보자, 혜미는 당황하며 너에게 하나 사 줄라고 그런다고 했다.

- 그게 뭔 소리여. 신혼살림을 마련하러 와서 왜 그런 생각을 해. 미안한가.

애타게 기다리는 일은 더디 왔다. 결혼식 날보다 중선은 신춘문예 발표일이 더 궁금했다. 신문사에 전화하니 크리스마스 무렵에 담당자가 전화를 할 것이라고 말했다. 요즘 혜미를 오래 만나지 못했다는 생각이 들었다. 찻잔 때문에 말다툼을 하고부터 연락이 뜸하다. 평생 하루 이상 연락이 끊긴 일은 중선이 군대 있을 때 빼고는 없었다.

첫눈이 내릴 거라는 일기예보가 있었다. 첫눈이 내리는 날 대전역 앞에서 만나기로 약속한 사람은 없어도, 어쩐지 설레기는 한다. 오래 안 만나던 친한 친구가 찾아올 것 같기도 하고, 오래전에 집 나간 아버지의 기별이 있으면 어쩌나 걱정도 된다.

중선의 첫사랑이자 유일한 사람인 혜미가 요즘 다른 남자를 만나러 다닌다. 낯모르는 남자를 만나고 와서는 그 남자에 대해 이야기를 한다. 직업은 어떻고, 생김새는 어떻고, 사는 동네도 이야기를 한다. 대부분 한 번 만나고 마는데 이번에는 다른 모양이다. 벌써 3번째 만났고, 벌써 프러포즈를 받았다는 것이다.

안부가 궁금해진 중선은 혜미가 근무하는 중학교 앞 카페에 앉아 혜미가 나오기를 기다리고 있었다. 퇴근시간이 지났는데도 혜미는 나타나지 않았다. 카페를 나와 길거리를 어슬렁거리다가 저녁 늦게 집에 오니 인홍이 와 있었다.

- 참 오랜만이구나. 제수씨도 잘 계시고,
- 그런데 연락도 없이 와서 남의 집에 이렇게 있으면 어쩌라는 말이냐.

중선은 인홍에게 퉁을 주면서도 너무나 반가웠다. 오랜만에 친한 친구를 만나는 일은 언제나 반갑지만 오늘은 특히 더 반가웠다. 그만큼 중선이 마음이 심란했다.

- 너 밥 안 먹었지. 요 앞에 가자, 낙지볶음 먹자. 소주도 한잔하자.
- 중선아, 너는 여전하구나. 글은 잘 써지냐.
- 네가 믿는 신에게 기도라도 해야겠다. 인홍아, 니 기도발

좋기로 유명하지. 날 위해 기도해 주라. 일이 성사되면 상금 타서 너희 교회에 십일조를 내마.

인홍은 광주 신학대를 졸업하고, 1년쯤 광주 어느 허름한 교회에서 새끼목사를 하다가, 뜻한 바 있어. 서울 워커힐에 있는 장신대를 졸업하고, 지금은 전북 익산에 있는 조그만 시골교회에서 목회를 하고 있었다.

인홍이 첫 목회를 할 때 혜미와 중선은 한여름 어느 일요일에 그 조그만 교회 앞자리에 앉아서 설교를 들었었다. 인홍은 긴장한 빛이 역력한 표정으로 설교를 했다. 주님의 말씀대로 살려고 마음먹은 지 20년 만에 목회를 할 수 있어서 너무나 영광이라고 하면서 설교를 시작했다. 중선은 그 모습을 보면서 눈두덩이 뜨거워졌었다. 그건 참으로 말로 표현 못 할 그 무엇이었다.

밥집에 앉아 낙지볶음밥을 먹다가 망설이는 표정으로 인홍이 물었다.

- 혜미 씨 결혼한다며.
- 응, 그런단다. 요즘 혜미가 혼수 마련한다고 나를 얼마나 들들 볶는지 살 수가 없다.
- 넌 괜찮으냐. 혜미 씨를 보내고 살 수 있겠냐. 동거를 몇 년 하고 애까지 지운 세월이 있는데. 그게 쉽사리 잊혀지겠느냐 말이다.

- 뭐, 10년, 20년 애 낳고 산 사람도 이혼하는 판에, 뭐 그리 대수라고. 처음은 얼마간은 힘들겠지. 분신처럼 10년 가까이 붙어 있었는데 쉽기야 하겠나. 그래도 하는 수 없어. 결혼은 내 능력 밖이여. 뭐가 있어야 같이 살지. 쥐뿔도 없는데.

- 그래도 뭔가 잘못된 것 같다. 지금이라도 늦지 않았어. 얼른 가서 잡아. 혜미 씨가 중학교 2학년 때부터 널 좋아했다고 했잖아. 그 세월이 얼마냐. 네가 결혼을 한다면 내가 주례를 서 주마.

- 니가 아무리 목사라도 어린 것이 무슨 주례를 본다고 설레발이냐. 아무리 내가 대학교까지 다녔는데. 주례 하나 부탁할 사람이 없어서 친구를 주례로 모시겠냐.

- 아니, 말이 그렇다는 거지. 그럼 사회라도 보자.

- 사회는 네가 잘하겠다. 사람들 앞에서 말로 먹고사는 직업이니 말해 뭐 하겠냐. 네 결혼식에도 내가 사회를 봤으니 그건 무리가 없겠다.

- 아무래도 난 결혼식을 못 할 것 같다. 나이도 먹었고, 이제 누구를 만나 결혼을 하겠냐.

- 흔한 말로 짚신도 짝이 있다는데. 그렇게 어렵게 고등학교를 졸업하고 대학을 다닌 것도 결국 결혼해서 잘 먹고, 잘살려고 그런 거 아닌가.

- 목사가 속물이네. 혜미와는 중학교만 졸업하고 식을 올리는 게 지금보다 훨씬 설혼이 쉬웠을 거야.

- 거두절미하고 더 늦기 전에 혜미를 잡아라. 잡아.
- 늦었어. 양가에서 결혼식 날짜를 잡고 청첩장까지 다 돌리고 예식장까지 잡았는데 말이 되냐. 버스는 떠났다. 아무리 태연한 척하려고 해도 그게 쉽지 않다. 온통 내 삶이 혜미와 연결된 느낌이다.
- 그런데, 혜미 씨를 보내고 어떻게 살려고. 지금이라도 잡아라.
- 아니. 틀렸어.
- 며칠 있다가 울고 다니지 말고, 빨리 가서 잡아라.

혜미와 중선은 결혼식 전날 마지막으로 만났다. 저녁만 먹고 헤어지려다가 중선이 다 못내 아쉬워서 혜미를 잡았다. 수없이 드나든 모텔이 낯설었다. 쭈뼛거리며 돈을 내는 중선을 보고 종업원이 물었다. "쉬었다 가실 건가요?"

모텔에 들어서자마자 누가 먼저랄 것도 없이 둘이는 엉겨 붙었다. 뜨거웠다. 마지막 섹스라서 그런지 더욱 애틋했다. 두 번째는 어찌나 사납던지 서로를 죽일 듯이 물고 빨았다. 죽음을 눈앞에 둔 짐승처럼 처절했다. 그리고는 둘이는 껴안고 울었다. 목이 매여서 숨을 헐떡거렸다. 얼마나 격렬했는지 옆방에서 벽을 치는 소리가 들렸다. 침대에서 떨어지는 소리가 쿵 하고 들렸으니까. 아무리 이 밤이 아쉽고 가슴이 아려도

시간은 갔다. 모텔 방에 전화벨이 천둥소리처럼 크게 울렸다. 시간이 다 되었으니 옷 입고 나가라는 사인이다. 조금 있으면 문을 두드릴 것이다. 벌써 다음 대기자가 왔을 것이다.

- 내일 결혼식을 하면 첫날밤인데, 그 남자가 첫날밤을 그냥 보낼 리는 없고, 어쩌려고 그래, 혹시 아이를 가지면 누구의 애인지 알 수가 없을 것 같은데.

섹스하는 걸 옆에서 구경한 사람이 할 법한 말이 중선의 입에서 나왔다.

- 그렇겠지. 모르겠어. 그때 가서 생각하면 되지. 뭐, 근데 곤란한 점이 있기는 하다.
- 뭐가?
- 시집가면서 전 애인의 애를 가지고 가는 게 말이 돼?
- 그러니까.

혜미는 옷을 입으면서 〈웨딩케익〉을 흥얼거리고 있었다. "내일이면 나는 가네. 눈물을 흘리면서 나는 가네. 원치 않는 사람에게로. 눈물을 흘리면서 나는 가네. 그대 아닌 사람에게로. 아픈 내 마음도 모르는 채 밀려서 들려오는 무정한 새벽 종소리. 내일이면 너는 가네. 내일이면 나는 가네."

헤미는 또 울고 있었다. 중선은 애써 모른 체했다. 보내기로 마음먹었는데 이제 와서 매달릴 수는 없잖은가. 그런데, 그런데 말이다. 벌써 후회가 밀려온다. 헤미를 보내고, 헤미가 없는 세상을 어떻게 견뎌야 하는지 모르겠다. 도대체. 왜 이런 어려운 짓을 했을까. 그냥 결혼 안 하고 곁에서 살면 안 되나. 꼭 결혼을 해야 같이 살 수 있나. 많은 생각들이 중선의 뇌리를 스쳤지만 이제 와서 어떻게 한단 말인가. 지금이라도 헤미를 잡아야 하는 것 아닌가. 그냥 아무 생각도 하지 말고 헤미가 손을 잡고 모텔을 나가서, 남쪽으로 가는 가차를 타면 되지 않겠나.

하지만 생각뿐. 헤미는 손을 흔들며 저쪽으로 가고 있다. 안녕, 내 사랑. 참으로 오랜 세월. 같이 해 주어서 고마웠다. 안녕, 내 영혼. 안녕 내 친구. 잘 가라. 잘 살아라. 제기랄.

헤미가 시집간 지 한 달이 지났다. 집안 곳곳에, 아니 도시 전체에 헤미가 있었다. 싱크대 위에도 헤미가 쓰던 고무장갑이 아무렇게나 놓여 있었고, 화장실에 가도 헤미가 쓰던 칫솔이 칫솔꽂이에 꽂혀 있었다.

심지어는 중선이 속옷 속에도 헤미의 속옷이 섞여 있었다. 밥을 먹으려고 숟가락을 식탁에 놓으며 헤미의 젓가락도 같이 놓다가 쓴웃음을 지은 일이 한두 번이 아니다. 책을 읽다가 보면 책갈피에서 언제 썼는지도 모를 혜미의 메모가 나오기도 했다.

신발장에도 혜미의 여름 슬리퍼가 아직도 자리를 잡고 있다. 집안 여기저기 곳곳에 혜미의 흔적이 남아 중선을 힘들게도 하고, 기쁘게도 했다. 집안에서, 도시에서 혜미의 그림자가 사라지는 날은 오지 않을 것 같았다.

앉아서 책을 보다가도 옆자리를 손으로 쓱 문지르면 혜미의 옷자락이 손에 잡히는 것 같아 돌아보다, 귀신을 본 것 같은 느낌에 온몸에 소름이 돋을 때도 있었다.

울적한 마음에 술이라도 한잔하는 날이면 거의 반미친놈이 되었다. 혜미를 찾아 도시를 밤새도록 헤매기도 하고, 울면서 전에 만났던 카페도 찾아간 적이 있었다.

그러다가 어느 순간 기차를 타고 경기도 어디엔가 산다는 혜미를 찾아 밤새도록 기차를 타고 신새벽에 경기도 어딘가에 내려 혜미를 부르며 도시 전체를 헤매고 다닌 적도 있었다. 전화번호도 모르고 어디 사는지도 모르는데, 찾는다고 찾아지는 건 아니었다. 어느 순간, 이런 생각이 들었다. 찾아서 뭘 어쩌겠다는 말이냐. 이미 남의 아내가 된, 잘 살고 있는 사람을 만나서 뭘 어떻게 하겠다는 말이냐.

이럴 줄 알았으면 혜미가 처음 중선이와 결혼을 이야기할 때 그냥 잡았어야 됐다. 대답이 없는 중선을 멀뚱히 쳐다보던 혜미가 말했다.

- 난 며칠 있으면 맞선을 봐. 엄마 아빠가 난리야. 서른이 넘은 처녀가 시집을 안 간다고. '애초에 그놈은 네 짝이 아니었던 거야. 너무 오래 만났어. 그러니 단물 쓴물 다 빨아먹고 너를 버린 거란 말이다. 이제 그만 미련 버리고 맞선 자리에 나가거라.'

처음엔 조금 기다리라고 해서 기다렸는데, 결혼 이야기가 나온 지 1년이 지나자 부모님들이 더는 기다릴 수 없다고 하면서 그놈이 장가갈 생각이 없거나, 적어도 너하고는 혼사를 치를 마음이 없는 거라며 맞선을 보라고 다그치기 시작했다고 한다.

군인도 만나고, 소방관도 만나고, 몇 명을 만났는데 그때마다 잘 안되었다고 했다. 그러더니 얼마 전 만난 남자 쪽에서 먼저 애프터를 신청했고, 몇 번 만나지 않았는데 청혼을 해 왔다는 것이다. 며칠 뜸을 들이다 그 남자와 결혼을 하기로 마음을 먹었다는 것이다. 어차피 중선이 안 된다면 누구라도 상관이 없다는 것이 혜미의 생각이라는 것이다.

결혼은 일사천리로 진행이 되었고, 선본 지 석 달

만에 결혼식 날짜가 잡혔다는 것이다. 그리고, 몇 달이 지나자 거짓말처럼 혜미는 다른 사람의 아내가 되어 중선의 곁을 떠나갔다.

혜미의 결혼식 날 중선은 바다에 가 있었다.

노래 〈그리움만 쌓이네〉를 입으로 흥얼거리며 바닷가 모래밭을 걷고 있는데 중선도 모르는 사이에 눈물이 줄줄 흘러내리고 있었다. 어젯밤에도 모텔에서 사랑을 나눈 사람이 오늘 다른 남자와 결혼식을 하고 신혼여행을 떠난다는 생각에 중선은 견딜 수가 없었다.

시간상으로 지금쯤 여러 사람들이 모인 가운데 성대한 결혼식이 열릴 것이다. 혜미의 친구들은 중선이 아닌 다른 남자와 결혼식을 올리는 신부를 이해하지 못하고 어리둥절해 있을 것이다. 그만큼 혜미와 중선은 오랫동안 동네에서 유명했다. 당연히 결혼은 중선이와 할 것이라고 믿었을 것이다.

하루 종일 바닷가 모래사장에서 입가에 맴도는 노래를 웅얼거리며 걷고 또 걸었다. "다정했던 사람이여, 나를 잊었나. 벌써 나를 잊어버렸나. 아아, 나는 몰랐네, 그대 마음 변할 줄. 난 정말 몰랐었네. 아아, 그리워서 난 어쩌나. 그리움만 쌓이네."

고장 난 레코드처럼 하루 종일 흥얼거리며 이쪽에서 저쪽까지 몇 번 왔다 갔다 하다 지치고 늘 취해서 집으로 돌아왔다.

날이 갈수록 뼈를 때리는 그리움이 가슴에 사무친다. 중선이 옆에서 웃던 혜미의 웃음소리가 까르르 까르르 환청으로 들리고, 특유의 목소리에 콧소리도 섞여서 들린다. 청치마를 즐겨 입던 모습도 짓무른 눈에 선하다. 단발로 자른 머리칼을 손으로 넘기며 고개를 젖혀 중선의 눈을 쳐다보다가 배시시 웃는 얼굴로, 중선의 팔을 잡고 걸음을 옮기던 혜미의 발소리도 들린다.

사람이 살면서 얼마나 많은 사람들을 만날까. 그중에 의미 있는 사람들은 또 몇 명이나 될까. 초등학교, 중학교, 고등학교, 대학교, 직장동료들까지. 만나는 사람이 많았어도, 혜미처럼 오래, 깊이 안 사람은 없었다. 근데 그 사람이 이제 영영 옆에 없다. 이 상실감을 어찌 한단 말인가. 그렇게 오래 시들어갈 무렵, 말갛게 갠 하늘에서 벚꽃이 흩날리던 날. 느닷없이 혜미한테서 전화가 왔다.

혜미를 떠나보낸 지 3개월이 지나자 어느덧 조금씩 그녀를 향한 사무치는 그리움이 조금씩 무뎌지던 어느 날, 밤늦게 책을 보고 있는데 전화벨이 울렸다. 전화를 받았는데 저쪽에서 아무 말이 없어서, 여보세요를 몇 번 하고 났는데, 여자의 울음소리가 들렸다. 처음에는 조그맣게 들리던 울음소리가 차츰 통곡으로 변하고 마침내는 숨이 멎었다. 그리고 한참 지나고 나서 조그맣게 들려온 그녀의 목소리.

- 나예요.

그 한마디에 중선의 몸은 전율에 휩싸였다. 가슴이 벌렁거리고 숨이 막혀서 입을 열어도 말이 되어 나오지 않았다. 이번에는 저쪽에서 여보세요를 계속 외치고 있었다.

- 여보세요, 여보세요.

중선과 혜미는 그렇게 전화로 재회를 했다. 가까스로 진정한 중선이 울음 섞인 목소리로 물었다. 코를 들이마신 것도 같다. 눈물, 콧물 범벅이 된 얼굴을 누가 보지 않아서 다행이었다.

- 어떻게 지냈어. 잘 지냈어?

혜미가 물었다.

- 아니, 잘 못 지내. 네가 없는데 어떻게 잘 지낼 수가 있겠
  니. 거의 미치기 일보직전이다. 널 보내고 한밤도, 한순

간도 후회 안 한 날이 없어. 지금이라도 널 데려올 수 있다면 무슨 짓이라도 할 것 같다.

- 1년 동안이나 결혼하자고 쫓아다녔는데, 그때는 끄떡도 안 하더니 이제 와서 어쩌라고.

- 학교도 그만두고 하루 종일 뭐 하고 사냐. 그런데 어떻게 3개월 동안 전화 한 통화를 안 할 수가 있냐? 매정하기는. 3개월 동안 대전집도 한번 안 왔냐.

- 가기는 몇 번 갔는데 그때마다 같이 사는 사람하고 가니 너에게 연락할 수가 없더라. 그리고 뭐 굳이 연락할 필요도 없을 것 같고.

- 언제 한번 안 오냐. 내가 가도 되고,

- 글쎄, 만나면 뭐 해. 시집가기 전과는 완전히 달라졌는데. 커피라도 한잔 마음 놓고 먹을 수가 있겠니. 불륜인데.

- 그렇기는 해도 커피 한잔, 밥 한 끼 정도는 괜찮지 않을까.

- 근데 웃기는 건, 나 아직 혼인신고를 안 했다. 나 아직 법적으로는 처녀야. 남편은 생각만 나면 하자고 하는데 내가 미루고 있어.

- 왜, 그걸 안 해, 결혼식도 하고, 같이 살면서.

- 그냥 그렇게 됐어. 조금만 더 생각해 보고 해도 늦지 않겠지 뭐.

- 언제 대전에 안 오니, 아님, 내가 갈 테니 얼굴이나 한번 보자.

- 알았어. 며칠 후에 대전에 혼자 갈 것 같으니까. 가면 전

화할게.

　며칠 후 카페에서 만난 혜미는 얼굴이 못 쓰게 변해 있었다.

- 왜 그렇게 얼굴이 안 좋아.
- 몰라. 잠도 못 자고, 밥맛도 없고 그러네. 별일이 없는데.
- 내가 보고 싶어서 그러는 거 아니야.

　중선이 실없는 농담을 했으나 혜미는 웃지 않고 심각하게 말했다.

- 난 그 사람하고 그만 살아야 할까 봐. 모든 것이 너무 달라서 힘들어. 그래서 결혼은 섣불리 결정하는 게 아닌가 봐.
- 혼인신고도 안 했다면서 그냥 집만 나오면 되는 거 아냐?
- 우리 집에서 뭐라고 할지가 가장 큰 고민이야.
- 그냥 나와서 나하고 살자.
- 무슨 말도 안 되는 소리야. 왜, 너하고 살아.
- 너 보내고 나서 얼마나 후회했는지 몰라. 매일 울고 다녔어. 네가 그립고 보고파서. 여기를 둘러봐도 네가 있고, 저기를 보아도 네가 보여. 하루 종일 온통 네 생각뿐이었어.
- 내가 그랬잖아, 너 나 없이 살 수 있냐고. 사람도 인이 배기는 거라고. 그때는 귓등으로도 안 듣더니. 이주 꼬시

다. 너랑 합치더라도, 너를 좀 약 올리다가 오래오래 있
다 네가 말라죽을 것 같을 때 합치든지 해야지. 내 직성
이 풀리지. 맺힌 게 하도 많아서 금방은 어렵겠다.

- 시답잖은 농담과 어림없는 이야기를 하는데도 너랑 있
으니 즐겁다.

- 난 이제 그만 들어가 봐야 해. 신랑이 퇴근하고 온다고
했어.

- 알았어. 잘 지내라. 못살겠으면 가방 하나만 들고 우리
집으로 와라. 언제든 대환영이다.

혜미가 진짜로 신혼집을 나왔다. 아니 중선이 가서
데려왔다. 대전에 와서 중선을 두 번 만나고 가서 일이
벌어졌다. 오늘 남편이 출장을 가서 없으니 자기 집으
로 오라는 전화를 받고, 중선은 그길로 혜미가 사는 도
시로 가는 기차를 탔다. 신혼집에 도착해서 우선 혜미
를 안았다. 조금 있다가 짐을 들고 나왔다. 혜미가 들
고 나온 짐은 그다지 많지 않았다. 캐리어 하나와 손가
방 하나가 다였다.

기차역에서 기차를 기다리는 시간이 무척 길게 느
껴졌다. 누군가 우리를 향해 걸어오면 저 사람이 잡으
러 온 건 아닐까. 어쩌면 경찰서에 가서 조사를 받고
구속될 수도 있다는 막연한 불안감에 오금이 저렸다.

아주 오래 기다린 끝에 기차를 타고 그곳을 떠났다.

기차에서 앞자리에 앉은 아낙이 중선이 일행을 보고 신혼이냐고 묻고, 이것저것 캐묻는 것도 둘은 아주 성가셨다. 하지만 뭐 어쩔 수 없는 일이기도 했다. 중선은 등받이에 기대 앉아 눈을 감아 버렸다. 혜미가 노파의 말동무가 되어 이것저것 웅얼웅얼 이야기하는 소리를 들으며 중선은 잠이 들었다.

눈을 뜨니 대전에 거의 다 와 있었다. 어디로 가야 하나. 집을 나오기는 했는데 막상 갈 데가 없었다. 혜미가 집으로 가는 건 안 되겠다. 중선의 자취방으로 가는 것도 말이 안 되었다. 혜미가 없어진 걸 알면 제일 먼저 수소문해서 중선을 찾아올 것이기 때문이었다. 대전역에서 내려 누가 알아보기라도 하면 어쩌나 하는 두려움에 돈도 별로 없는데 택시를 탔다. 역에서 한시라도 빨리 벗어나야 했다. 대전역을 벗어난 지점에서 택시를 세우고 버스를 탔다. 동학사 밑에 민박집도 있고, 여관도 있어서 숨어살기에는 좋을 것 같아서 택한 길이었다.

동학사 밑 민박집에 짐을 부리고, 중선과 혜미는 밀린 숙제를 하듯 서로의 몸을 부둥켜안았다. 그날 중선과 혜미는 밥 먹는 것도 잊어버리고 무려 일곱 번의 사랑을 나누었다. 나중에는 중선의 페니스가 헐었다.

저녁을 먹고 바로 끝없는 잠에 빠져 그다음 날까지 깨지 않고, 싶은 삼을 잤다. 오후에 느지막이 일어난 중선은 슈퍼에 가서 일회용 북엇국을 사다 끓이고, 햇반을 데워 조촐한 밥상을 만들었다. 일어나기 싫어하는 혜미를 억지로 깨워 반찬도 없는 밥을 먹었다.

밥을 먹고 난 혜미는 교차로를 가져다가 자세히 보기 시작했다. 어찌되었든 돈을 벌어야 먹고살 수 있으니까. 살아 내려면 누군가는 일을 해야 했기 때문이었다. 기간제 교사를 모집한다는, 학교 몇 개의 전화번호를 들고 나가 공중전화에서 전화를 하기 시작했다. 다행히 두 곳에서 면접을 보러 오라고 했다.

- 이럴 줄 알았으면 내가 해 간 패물이랑 값나가는 걸 좀 들고 나올 걸 그랬네.
- 지금이라도 집 근처에 가서 지켜보다가 외출하는 사이, 신혼집에 들어가서 네 짐을 좀 챙겨 나오면 되잖아. 신혼집에 몰래 들어갔다가 누가 있으면 어떻게 하지? 그건 안 되겠다.
- 그럴 수는 없을 것 같고, 엄마 사는 집에 가서 시집가기 전에 입었던 옷이라도 좀 챙겨 와야 할 것 같다. 입고 나갈 바지도 여분이 없고, 갈아입을 외투 하나가 없고, 도대체 바꿔 입을 속옷도 없으니. 어떻게 집을 나오면서 여분의 신발 하나를 가져올 생각을 못 했을까. 그만큼 우리가 절박했나. 아님 겁을 먹었나. 지금 생각해 보니 이해가 안 가고 어이가 없네.

- 우리가 알고 있는 모든 시선에서 자유롭지 못하다는 것도 문제네. 사람이 살면서 뭐 하나 안 걸치는 게 없는데, 사는 것이 전에 비해 훨씬 팍팍해질 텐데, 괜찮겠어?
- 어쩌겠어. 우리가 선택한 건데. 또 무를 수도 없고.
- 양쪽 집안 누군가는 우리를 찾아 나섰을 텐데. 안 들키고 살 수 있을까. 뭔가에 쫓기는 사람들은 불안해서 어떻게 사는지 몰라.
- 우리라고 별반 좋은 조건도 아니야. 감옥에 안 가는 거빼고는. 자유롭지가 않아.

면접을 보고 온 혜미는 다음 날부터 출근하기 시작했다.

혜미는 지금 머물고 있는 방에 부엌이 없는 것이 불편하다며 원룸이라도 하나 얻었으면 좋겠다고 했다. 그것도 교차로를 보고 해결했다. 할머니 혼자 사는 아파트에 방을 한 칸 월세로 얻어 들어갔다. 왜 이렇게까지 어려운 길을 가려고 하는지 이해가 가지 않았지만 중선은 혜미에게 한마디도 묻지 않았다. 그게 혜미에 대한 예의이고, 배려 같았다.

그렇게 몇 달이든 몇 년이든 살다가 어떻게 하겠다는 계획도 없이 그냥 그렇게 흘러갔다. 전에 혼인해서 살던 집에서도 난리가 났으리라. 하루아침에 결혼한 신부가 온다간다 말도 없이 사라졌으니 오죽하겠는

가. 혜미네 집에서도 힘들어하기는 마찬가지일 것이다. 시집간 지 얼마 안 된 딸이 전화 한 통 없이 사라졌으니 온통 집안이 쑥대밭이 됐으리라.

그러거나 말거나 혜미는 낮에는 학교에 가서 일을 하고 저녁이면 중선을 만나 사랑을 나누고 그렇게 살고 있었다. 그렇게 1년이 지난 어느 날.

혜미가 중선의 집으로 전화를 했다. 중선이 어머니가 전화를 받았다. 혜미가 중선이를 바꿔 달라고 하니 중선이 어머님이 하는 말.

- 혜미야. 도대체 언제부터 연애를 했는데. 결혼을 언제 하려고 매일 만나기만 하는지 모르겠구나.
- 어머님, 중선이가 결혼을 하자고 안 해요.
- 그래, 그럼 너는 어떠냐. 너도 별로냐.
- 아뇨, 저는 언제든지 결혼할 준비가 되어 있어요.
- 그래, 그럼 짐 싸가지고 우리 집으로 들어오너라. 식은 나중에 하자.

며칠 후 외출했다 돌아온 중선은 깜짝 놀랐다. 혜미가 집에서 중선을 맞았기 때문이다.

- 아니 너 왜 여기 있어.
- 어머님이 들어와 살라고 했어. 그래서 들어왔지 뭐.

- 아니 그래도 그렇지. 나하고 말 한마디 상의도 없이 어떻게 그럴 수 있어.
- 이렇게 쉬운 걸. 왜 그렇게 먼 길을 돌아왔나. 몰라.

그날부터 혜미와 중선은 같이 살기 시작했다. 2년이 지나자 아이가 생겼고, 출생신고를 하기 위해 혼인신고도 했다. 그날이 우리 결혼기념일이었다.

어머님은 남의 속도 모르고 결혼식을 왜 하지 않느냐고 매일 물어보신다. 그렇다고 결혼식을 할 수도 없다. 혜미가 신혼집에서 도망 온 사실을 아주 가까운 친척들만 빼고 아무도 모르는데, 결혼식을 또 한다고 청첩장을 보낼 수도 없고, 그냥 살기로 했다. 중선은 별 불만이 없었으나. 어머님은 그렇지 않은지 계속 결혼식을 언제 할 거냐고 생각이 날 때마다 말씀을 하셨다.

며칠 후 인홍이 혜미와 중선이 사는 집에 왔다. 그냥 빈손으로 오기가 뭐해서 시계를 하나 사왔다고 하면서 혜미에게 포장된 네모난 시계를 내밀었다. 혜미가 포장지를 풀자 그 시계 앞 유리에 이렇게 적혀 있었다.

-축 동거-

7.

내가
살고 싶은 집

그냥 시골에 조그만 집을 하나 갖고 싶었다. 귀농이니 귀촌이니 하는 거창한 담론 말고 조그만 컨테이너라도 하나 가져다 놓고 주말에 내려와 머물고 싶었다. 주변 산세가 좋고 바다가 보이거나 강이 흐르면 좋겠다고 생각했다. 컨테이너라도 하나 갖다 놓으려면 우선 땅이 있어야 했다. 밭이든 논이든 상관없이 양지바른 곳이면 되었다. 주말에 결혼식이나 모임이 없으면 내가 사는 도시에서 가까운 농어촌마을로 놀이 삼아 땅 보는 여행을 가곤 했다. 그러다가 마음에 드는 마을이 있으면 부동산 사무실이나 동네 노인들에게 물어보고 다녔다. 집을 짓기 적당한 땅이 있으면 소개해달라고. 2년 동안 참 많은 땅을 보았다.

　땅이 마음에 들면 길이 없었다. 길을 내려면 돈이 많이 들었다. 또 어떤 땅은 방향이 마음에 들지 않았다. 집을 북쪽을 향해 지어야했다. 또 어떤 땅은 모양이 이상해서 집을 안칠 수가 없었다. 어떤 땅은 다 좋은데 너무 외졌다. 거기다 집을 지으면 무서워서 못 살 것 같았다. 간혹 마음에 드는 땅을 만나기도 했지만, 마음에 드는 땅은 예외 없이 비쌌다. 내가 사는 도시의 집값보다 비싸지 않아야 한다는 내 나름대로의 상한선이 있었다. 2년 동안 수없이 많은 부동산 사무실을 드나들었고, 무수히 많은 땅을 보았다. 그러나 참 어려운 일이었다. 그러다가 고향에 갈일이 있어 갔다가 이 땅을 만났다. 약방집 논이다.

야트막한 산으로 둘러싸인 집이 한 채있고 그 아래 밭이다. 3칸으로 층층이 나누어진 그 땅은 족히 200평은 되어 보였다. 윗집에 있는 사랑채 옆으로는 대나무가 무성하게 자라고 있었다. 남향이고 그 땅에 잇대어 시내가 흐르고 있었다.

등기부등본을 떼어 보니 약방 집은 어디론가 사라지고 서울 영등포에 사는 땅주인은 3년 전에 그 땅을 사서 소유하고 있었다. 서울에 살면서 이 시골에 무슨 연고가 있어 이 땅을 샀을까 싶다. 30년 전에 살던 고향 마을은 길 하나, 나무 하나 변한 것이 없었다. 개발이나 그런 것 하고는 전혀 상관이 없을 것 같은, 변화라고는 집에 사는 사람들만 나이가 들어 늙어 있었다. 나는 등기부 등본에 나와 있는 이름을 가지고 서울에서 김 서방 찾기에 나섰다.

114에 전화를 걸어 등기부등본에 나와 있는 소유자

의 이름을 대고 서울 영등포에 사는 아무개의 전화번호를 물어봤지만 그런 이름으로 등록돼 있는 전화번호가 없다고 했다.

이 사람은 부인 이름이나 아이들 이름으로 전화를 신청했거나 있는 전화를 필요가 없어서 없애 버렸을 수도 있을 것이다. 요즘 휴대전화가 한 사람 당 한 대씩 있는 세상이다 보니 집전화가 필요가 없어졌다. 나도 몇 년 전에 집 전화를 없애 버렸다.

나는 생각다 못해 역으로 가 영등포 가는 기차를 탔다. 등기부등본에 적혀 있는 주소로 찾아갈 생각이었다. 3년 전에 산 땅이라면 아직 땅 주인이 그 주소에 살 확률이 높았다. 영등포역에 내려 여의도 가는 지하철을 타고 땅주인이 사는 아파트에 도착해 초인종을 눌렀다.

- 누구세요. 안에서 누군가 대답이 들렸다.
- 여기가 누구씨 댁인가요.
- 네 맞는데요. 아버님은 아직 퇴근 전인데요.
- 그러면 전화번호를 알 수 있을까요. 시골에 있는 땅을 파시면 제가 살려고 이렇게 왔거든요.
- 잠깐 들어오세요, 아버지한테 전화드려 볼게요.

중산층이 사는 아파트다운 크기였다. 나는 소파에

가서 앉았다. 부인인 듯한 사람이 차 한 잔을 내왔다.

- 그 땅을 사서 뭐하려고 그러세요.
- 집 지으려고 합니다. 그 땅에 집을 지으면 좋을 거 같아 서요.
- 나도 한번 애 아빠를 따라서 그곳에 가본 적이 있는데, 남향이라 햇빛 잘 들고 그 땅 앞으로 시내가 흐르는 게 여간 마음에 들지 않았어요.
- 네. 그래서 이렇게 찾아뵙게 되었습니다. 고향이기도 해 서 그 땅에 집을 지으려고요.
- 아버님이 조금 있으면 오신답니다.

조금 있으려니 욕심 많게 생긴 중늙은이 하나가 문을 열고 들어 왔다. 그는 다짜고짜 얼마에 사려고 하느냐고 물었다. '오늘은 사기 틀렸구나. 전화번호나 들고 가서 흥정을 해야겠다.' 생각하면서 그 집을 나왔다.

그래도 전화번호를 알게 됐고, 팔려고 하는 의사를 확인했으니 이만하면 처음 온 것치고는 상당한 소득이 있는 것이다. 아니 다 된 밥이나 마찬가지이었다. 값만 맞으면 판다는 말이렸다. 그리고 등기부등본에 거래금액이 나와 있으니 그보다 싸게 살 수는 없겠고, 산 가격에 취득세 부동산중개수수료와 등기비용을 더하고 약산의 이득을 너하면 살 수 있을 깃이다. 내가 아니면 누구도 살 사람이 없을 지도 모른다. 그러면 조금 실갱이하면 내가 원하는 가격에 살 수 있을 것 같았다.

　서울 사는 김 서방네 땅에 집을 지으려고 건축사무실에 들러 설계를 의뢰하려고 했더니 건축사무소 사무장이 번지를 물었다. 지적도와 토지이용계획 확인서를 떼더니 여기다 집을 지으려면 여러 가지로 복잡하고 시간도 오래 걸리니 다른 땅을 알아보라는 것이다. 땅을 아직 사지 않아서 문제는 없었지만 지난 2년 동안 내가 사는 도시 근교는 거의 다 가 봤는데 마음에 드는 땅이 없었다. 참으로 벅찬 순간이었다. 남향 한 집터에 시내가 흐르다니 참 좋다. 그런데 건축사 사무장은 집을 짓기가 어렵다고 말하고 있다.

　토지대장에는 지목과 정확한 면적, 개별공시지가가 나와 있다. 지적도에는 땅 모양이 나와 있다. 농지취득자격증명을 면사무소에 가서 신청하면 된다. 주말체험농장에다 동그라미를 치고 신청을 하면 4일 이내에 나온다.

　토지이용계획 확인서에는 국토의 계획 및 이용에 관한 법률에 따른 지역 지구 이를테면 계획 관리지역이라든지, 농지보존지구라든지 이런 말들이 써 있는데 절대농지만 빼고 거의 모든 지역에 집을 지을 수 있다.

　다만 다른 법인 가축사육제한 구역 하수처리구역 같은 경우는 집을 짓기가 어렵다. 도로와 답, 대 번지

마다 지목이 정해져 있어서 집을 짓거나 하려면 토지 이용 확인원을 떼서 확인을 해야 낭패를 보지 않는다. 어떤 땅은 집을 새로 짓거나 고치는 게 금지된 지역도 있다. 이런 땅에 새집을 지으려고 토지를 구입할 수는 없잖은가.

사무장은 농지를 사서 집을 지을 때 필요한 서류와 절차를 설명했다. 1.경계측량 실시 지적공사 2. 개발행위허가 신청 3. 농지전용부담금 4. 지역개발 공채 5. 개발행위 이행보증금 6. 면허세 7. 개발행위 허가증 발급 8. 성토 절토 시행 9. 건축허가 신청 농지전용 허가는 토목측량 사무소에서 대행한다. 군청직원이 나와서 실사를 한다.

건축인허가는 건축 설계사무소에서 대행한다. 결정적으로 차 다니는 길이 없어서 그 집으로 들어가기 위해서는 시내를 가로지르는 다리를 놓아야 하는데, 다리 놓는 비용이 만만치 않다는 것이다.

다리를 놓지 않고도 마당까지 차를 들이는 방법은 주지 딸네 집을 사서 헐고 길을 내는 방법밖에 없었다. 그 집은 집터가 30평밖에 안 되는 집이었지만 주지 딸 전에 살던 농장 맥네는 할머니에 엄마, 아빠, 아들 셋까지 대가족이 사는 집이었다. 지금 생각하면 방 2개 부엌 하나 딸린 초가삼간에서 그 많은 식구가 어떻게 살았나 싶다. 그리고 보니 그 집 식구들은 여름이면 냇가를 복구한 동네 타작마당에 나와 온 식구가 밤늦도록 멍석을 퍼 놓고 앉아 있었다. 냇가라 바람이 불어서 시원한 맛에 나와 있는 줄 알았는데 그것이 아니라 좁은 방을 피해 그렇게 여름을 나고 있었구나 싶다.

주지 딸 연락처를 동네 형들에게 수소문했지만 주지 딸 근황을 아는 사람은 없었다. 서울 어딘가로 아들이 취직이 되어 나갔고 몇 년 전에 남편이 죽자 그 부인인 주지 딸이 아들네 집으로 옮겨 갔다고 했다. 아무리 애를 써도 서울 가서 김 서방 찾기로 막연했다.

내가 고향에 살 때는 농장 네가 약방 집으로 이사 가고 공식이네가 살았었다. 공식이 어머니를 찾으면 주지 딸 소식을 알 수 있을 것 같았지만 공식이 어머니도 그 동네에서 사라지고 없었다.

서울에 사는 땅 주인에게 전화가 왔다. 적당한 값이면 팔겠다는 것이다. 나는 그 땅이 필요하다. 집을 짓지 못하더라도 그 윗집 농장 댁을 사면 텃밭으로 유용하게 쓰임새가 있었다.

군청에서 만나 가격을 정하고 계약서를 쓰고 실거래가 신고를 하고 일사천리로 부동산 등기까지 마쳤다. 소유권이전등기를 마치고 나는 물었다.

- 그 땅에 농사를 짓는 사람이 여러 가지 채소를 심어놨던 데 누가 짓나요. 집을 지으려면 이제부터는 작물을 심으

면 안 되는데. 그 동네 사람들이 그러겠지요.

- 나는 모르는데요. 바로 옆집 벌 키우는 사람이 농사를 짓
  는 걸로 알고 있어요.

나는 군청에서 나와 그 양봉업자를 찾아갔다.

- 그 땅을 내가 샀고요. 내년 봄에 집을 지으려고요. 이제
  부터는 그 땅에 아무것도 심지 마세요.
- 자네가 그 땅을 샀다고. 내가 사려고 했는데 한 발 늦었
  구먼. 내가 그 땅을 사려고 아는 사람에게 말해서 흥정을
  하고 있었는데.
- 어쨌거나 내가 샀으니 이제부터는 뭘 심으면 안 됩니다.
  만약에 그러면 다 뽑아 버리겠습니다.
- 뭐라고? 다 뽑아 버린다고.
- 그럼요 남의 땅에다가 허락도 없이 자기 마음대로 작물
  을 심으면 안 되지요.

나는 뒤도 안 돌아보고 그 집을 나왔다.

그 사람은 남의 땅을 경작하며 온갖 작물을 다 심어
놓고 채전 밭으로 이용하고 있었다. 심지어는 집 마당
에도 콩을 심어 놨다. 물론 나에게 일언반구 말 한마디
없이 허락은 고사하고 당연하다는 듯 자기 땅인 양 너
무도 딩딩히 몇 년 동안 뭔가를 심어 처먹었나.

냇가에 10년 넘은 백일홍나무 열 그루를 사와서 심었다. 그러고 나니 내 땅 같아졌다. 냇가에 연못도 하나 만들리라. 시냇물이 휘돌아나가게 못을 만들고 그곳에 토종 물고기들을 들여야지. 나머지 땅에 과수를 심었다. 내가 알고 있는 모든 나무를 다 사왔다. 종류별로 두 그루씩 샀다. 열매보다는 꽃이 예쁜 걸 우선 샀다. 철따라 꽃이 피기를 바라는 마음으로 열매는 별 볼일 없어도 꽃이 예쁜 나무로. 나무를 심을 때 사과나무는 즉 흙이 떨어져 나가지 않게 묶어 놓은 비닐봉지를 풀지 말고 심어야 한다. 다른 과수나무는 비닐봉지를 벗기고 심어야 한다. 자두나무와 은행나무는 두 그루를 같이 심어야 열매가 열린다. 즉 은행나무는 암컷과 수컷을 자두나무는 왕자두나무와 대석자두나무를 같이 심어야 열매가 열린다. 나무를 심을 때 가장 중요한 것은 뿌리를 너무 깊이 묻으면 죽는다는 사실이다.

나무를 실은 트럭이 몇 번 들랑날랑하는 사이 아랫집 사는 양봉업자하고 싸움이 붙었다. 나를 보자마자 소리를 지르기 시작했다.

- 먼지가 나니까 물을 뿌려가면서 일을 하라고.

- 차 몇 대 다니는데 먼지가 얼마나 난다고 이 야단이세요.

- 촌에서 산다고 시방 날 무시하는 거야.

- 누가 아저씨를 무시해요. 다만 양해를 구하는 거지.

- 관에서 일을 할 때도 한 사람이 서서 물을 뿌리고 비로 쓸고 하는데 왜 안 해.
- 집 짓는 동안 물만 뿌리다 말겠네요. 물은 어디서 구한대요.
- 내 알바 아니고 먼지가 나서 못살겠으니. 물 안 뿌리면 군 환경과에 신고할라네.
- 아이 시 더러워서 집 못 짓겠네.
- 너 지금 말 다 했어?
- 말 다 했어요. 왜요. 집 짓다 살인나겠네,

그는 웃옷부터 벗기 시작해 팬티만 남기고 다 벗어 부쳤다. 집 안에는 부인은 물론 주말에 놀러온 딸과 사위도 있었지만 팬티바람으로 소리를 지르고 있었다. 동네 사람들이 하나둘 모여들기 시작했다. 같이 간 친구가 난감한 표정으로 나를 돌아보았다.

나는 호스를 구해 와서 그 아저씨 집의 수돗물을 틀었다. 동네 사람들이 한마디씩 했다.

- 고향 사람이 몇십 년 만에 고향으로 돌아와 살겠다고 집을 짓겠다는데 왜 이 난리여.
- 젊은 사람이 와서 살면 여러모로 좋겠구만 왜 그런댜.

집을 짓겠다고 면사무소에 이야기를 하니 차가 드나들 수 있게 노토를 내 주고 포상까지 해 주셨나는데 주지 딸 집을 아직도 못 샀으니 언제 할지 기약도 할 수 없었다.

그래도 다행인 것은 주지 딸 연락처를 알게 되었다. 그 동네에 주지 딸이 살 때 젊은 삼총사라는 말을 듣던 아주머니한테서 연락처를 받았다. 전화를 하자마자 나를 알아보고 집을 팔겠다고 해서 일사천리로 진행되었다. 며칠 후 군청에서 만나 값을 물어 보니 쌀 열 가마 값만 달라고 해서 그 자리에서 계약서를 쓰고 소유권 이전을 했다. 나는 그 집에 살림살이가 그대로 있던데 그건 어떻게 하느냐고 물었더니 네가 알아서 하라고 해서 그 날로 철거업체에 연락을 해서 다음 날부터 철거작업이 시작되고 사흘 만에 길이 만들어졌다.

집을 새로 짓는다면 온돌방은 반듯이 있어야 한다. 돌과 불이 결합한 온돌방은 스트레스 해소에 좋다. 아궁이에서 장작 타는 냄새를 맡고, 아궁이 속의 장작불을 쳐다보면 근심이 녹는다. 차를 마시는 다실도 만들고 싶다. 차를 우리는 차호, 찻잔, 물 끓이는 검은색 무쇠 주전자에다가 소나무로 만든 다탁만 하나 있으면 된다. 이 다실에 앉아서 보글보글 물을 끓이고 있으면 마음이 가라앉는다. 누마루도 있어야 한다. 더운 여름날 나무 바닥으로 된 누마루에 누워 있으면 몸에 와닿는 촉감이 그렇게 좋을 수가 없다. 누마루는 방도 아니고 거실도 아닌 것이 한옥의 독특한 공간이라서 독특한 느낌을 준다. 강릉 선교장. 오죽헌. 허난설헌. 허균 남매의 집에도 누마루가 있었다.

집터는 그리 높지 않은 야산 자락에 자리 잡았으면 좋겠다. 그래야 산에서 내려오는 땅의 기운을 받는다. 집 뒤에 대숲이나 소나무 숲이 있으면 금상첨화다. 아침에 일어나 새벽안개 낀 숲속을 거니는 것이야말로 최고의 호사이다. 아침에는 대숲의 소쇄향이 좋고 저녁에는 소나무 향이 좋다. 길을 따라 걷다 보면 포강이 나오고 더 걸어가면 대조사에 닿는다. 더 걸으면 성흥산 꼭대기에 닿는다.

프로스트의 시 〈담을 고치며〉에 좋은 담이 좋은 이웃을 만든다는 구절이 나온다. 담을 만들기 전에 자신에게 묻고 있다. 무엇을 담 안에 넣고 무엇을 담 밖에 두려는지. 누구를 막아 내려고 담을 치는지. 담을 좋아하지 않는 무언가가 있다며 끊임없이 담을 무너뜨리려는 자연의 힘을 묘사했다.

취미란 마음의 밭을 가는 일이다. 좋아하는 일을 할 수 있는 자유다. 아무것도 안 하는 휴식과 다르다.

농어촌주택을 취득해 3년 이상 보유하고 농어촌주택 취득 전에 보유하던 일반주택을 추후 매도하면 과세당국은 해당 농어촌주택을 소유 주택으로 보지 않는다. 일반주택과 농어촌주택을 동시에 소유했다 하더라도 1가구 1주택 요건을 충족한 것으로 본다. 따라서 기존의 일반주택을 3년 이상 보유했고 고가주택에 해당되지만 않으면 일반주택을 매도하면서 양도세 비과세 혜택을 받을 수 있다. 농어촌주택을 구입한 시점이 일반주택보다 반드시 나중이어야 한다는 조건이다.

농어촌주택을 정의할 때 유상 개념을 굳이 구분하지 않는다. 즉 농어촌주택을 취득할 때 증여나 상속인지 매매를 통한 것이거나 직접 신축한 것인지 따지지 않는다. 농어촌주택은 수도권 이외 지역이어야 하고 도시지역 및 허가지역에도 해당되지 않아야 한다. 취득하는 농어촌주택과 보유하고 있던 일반주택이 행정구역상 같은 읍 면 또는 인근의 읍면에 소재해도 과세특례를 적용받을 수 있다.

농어촌주택의 규모와 가격 면에서도 제한이 있다. 대지면적이 660㎡ 이내여야 하고 주택 연면적이 150㎡(공동주택은 116㎡) 이내여야 한다. 주택 및 부수 토지의 합계가액은 취득시 국세청 기준시가 2억 원 이하로 제한된다.

과세특례를 적용받기 위해서는 양도소득세 신고 기한 내에 일반주택 및 농어촌주택의 토지대장 건축물대장을 첨부한 과세특례적용신고서를 제출해야 한다.

백일홍 나무를 심은 땅 위의 농장 댁이 1년 전에는 경매로 나왔었다. 직장에 다니는 큰아들이 돈을 빌려

썼고, 갚지 못해서 집이 경매에 붙여졌다. 다 쓰러져 가는 안채에 비해 사랑채는 멀쩡했다. 농장 댁이 멀쩡한 사랑채에서 홀로 그곳에 살고 있었다. 나는 나를 알아보지 못하는 농장 댁에게 집이 경매로 나온 줄 아느냐고 묻자. 농약 통을 등에 진 농장 댁은 내 눈에 흙이 들어가기 전에는 집을 비워 줄 수 없다며 눈을 부라렸다.

어차피 그 집은 등기가 안 되어 있어서 경매목록에서 빠져 있었다. 대지 120평만 소유권이 이전되리라. 농장 댁을 낙찰받으면 아래 위 합쳐 320평이 된다. 집을 하나 짓고 텃밭을 만들고 나무를 심기에 적당한 땅이었다. 뒤로는 최 씨네 종중산이 있고 앞으로 내가 흐르는 배산임수에 남향이다.

남향한 집은 3채의 슬레이트집으로 구성돼 있었다. 안채는 세월을 이기지 못하고 반은 무너져 내리고 있었다. 허드레 것들을 두는 조그만 헛간도 다 무너져 내리고 있었다. 사랑채는 농장 댁이 살고 있었다. 농장 댁이 살고 있어서 당연히 농장 댁 자녀나 남편 이름으로 소유권이 된 줄 알았는데 빚에 몰려 경매가 이루어졌고 엉뚱한 여자가 주인으로 등재돼 있었다. 그 집에서 멀지 않은 곳에 주소가 있어 찾아갔으나 만나지 못하고 명함과 메모지만 남겨 놓고 왔다. 그러고도 몇 번을 찾아갔지만 허탕이었다.

어느 날은 찾아가니 문이 열리며 외국인 노동자들

이 나왔다. 세를 얻어서 산다는 것이다. 그 주변에 마을회관에 가서 수소문을 하니 집주인 여자가 여기 사람이 아니고 어디서 들어온 외지인이고, 지금 살고 있는 집도 동네 소유라고 했다.

강가 어디 가서 하우스농사를 짓는다는 것이다. 경매로 물건을 산 지 얼마 되지 않아서 찾기가 쉬울 거라는 예상은 보기 좋게 빗나갔다. 차를 끌고 무작정 금강가로 갔다. 그래서 수소문을 시작했다. 몇 번을 오고가고 한 끝에 그 여자를 만날 수 있었다. 그러나 경매로 받은 그 집을 팔 생각이 없다고 딱 잘라 말했다. 하는 수 없이 명함을 남기고 돌아왔다. 생각이 바뀌면 연락을 달라고. 그로부터 몇 달이 지나지 않아 그 여자한테 연락이 왔다. 경매로 받은 집을 팔겠다고. 다음 날 만나서 계약서를 쓰고 잔금까지 해서 소유권이전까지 마쳤다. 생각한 것보다 얼마간 더 주고 샀지만 나는 만족했다. 몇 년을 기다렸는데 그깟 돈 몇 푼이 문제인가. 그 사이 농장 댁도 저세상으로 가고 그 집은 비어 있었다.

농장 댁 아들이 연락이 와서 만났다. 등기 안 된 집값을 처달라는 것이었다. 그 집은 등기는 안 되었어도 그것까지 포함해서 경매 받은 사람한테 샀다 했더니 말도 안 된다고 펄쩍 뛰었다. 그러지 말고 250만 원만

내고 가져가라는 것이다. 농장 댁이 살아있다면 그 집에서 사니까 내 땅을 사용하는 대가로 얼마간 도지를 받겠지만 빈집이니 그럴 수는 없고, 몇 십 년을 점유하고 살아온 사람에게 권리가 있는 건 자명한 사실이고, 해서 그 자리서 합의를 보고 250만 원짜리 계약서를 쓰고 돈을 이체했다. 등기가 되어 있지 않기 때문에 다른 서류절차는 할 필요가 없었다. 그렇지만 좀 억울했다. 내가 사용할 것도 아니고 헐고 새집을 지을 건데 돈까지 주고 사다니. 조금 버티면서 내 땅위에 지은 집을 사용료도 내지 않고 살았으니 필요 없으면 철거하고 원상복구 하라고 하고 싶었지만 그러려면 몇 년이 걸릴지도 몰랐다.

천편일률적인 아파트를 벗어나 나만의 공간에서 살기를 많은 이들이 꿈꾼다. 그러나 다른 꿈들과 마찬가지로 내 집 짓는 걸 포기하는 가장 큰 이유는 돈이다. 공사비를 낮추기 위해 가장 중요한 것은 집의 뼈대를 무엇으로 하느냐다.

주택유형은 경량목조주택. 중량목조주택. 스틸하우스 경량기포콘크리트 주택. 스틸하우스로 구분할 수 있다. 제일 저렴하게 집을 지을 수 있는 것이 경량목조주택이다. 두께 2인치 폭 4인치의 가벼운 목재를 조립해 집을 짓는다. 공사기간이 짧아 인건비를 아낄 수 있을 것 같다. 건물 형태가 단순할수록 마감새가 늘

들어가고 비가 새는 등의 문제가 발생할 가능성이 줄어든다. 제한된 비용으로 집을 지을 때는 건축자재를 최대한 검증된 제품을 사용하는 것이 좋다. 오래전 출시돼 널리 사용된 제품들은 안전하고 검증이 되어서 실패할 확률을 낮춘다.

군에서 집행하는 농어촌주택개량사업이 있다하여 도시계획과에 가서 알아본 바 귀농 귀촌하는 사람들에게 여러 가지 혜택이 돌아간다는 것을 알았다. 땅이 있으면 건축비용도 저리로 융자해 주고, 건축 설계비도 군내에서 하는 조건으로 100만 원을 지원해 주고 이사하면 주민들과 싸우지 말고 잘 살라고 잔치비용으로 40만 원도 면에서 지원해 준단다. 무엇보다 다쓰러져가는 슬래트 집을 철거하는 게 가장 큰 골칫거리이고, 돈이 많이 드는데, 면에서 선정해서 무료로 철거해 준다는 것이다. 귀농 귀촌을 하는 사람도 혜택을 볼 수 있다고 해서 면사무소에 가서 신청을 했다.

군청에서 가까운 건축 설계사무소에 가서 설계를 의뢰했다. 건축사는 없고 실장이라는 자가 이것저것 묻는데 도통 답을 할 수가 없다. 지붕은 무엇으로 할거냐. 아스팔트 싱글로 하면 뭐가 어떻고, 창호는 LG 하우시스 2중창으로 하면 추위와 더위를 막을 수 있고, 화장실은 두 개 만들고, 거실 크기는 집 전체 면적의 4분의 1로 한단다. 방은 세 개로 하고 다락방을 만들고 대략적으로 설명을 하는 설계사무소 사무장에게 다시 오겠다고 하며 사무실을 나왔다.

나는 집을 지을 준비가 되어 있지 않았다. 그저 막연하게 주말에 와서 쉴 집이 하나 있었으면 하는 마음으로 시작한 일이 이렇게 커져 버렸다. 어떤 일을 할 때 의도치 않게 일이 커져 버리는 일이 있다.

처음엔 아주 조그맣게 시작된 일이 걷잡을 수 없이 커져 버려 내 힘으로는 감당하기 어려운 일이 되어 버리듯, 집 짓는 일도 그저 컨테이너 하나만 갖다 놓을 땅만 있으면 되었는데, 지금은 땅만 해도 3필지 450평이나 사들였다. 농장네 사랑채만 빼고 집을 3채나 헐었으며 논에 나무를 많이 심었다. 이제 새집을 지으려고 한다. 내가 이 집을 지어서 들어갈 수 있을까. 나는 아무런 준비가 안 되었는데. 이대로 계속 집을 지어야 하나 아니면 여기서 멈추고 사랑채를 수리해서 주말 주택으로 만족해야 하는가.

농장 댁은 집터가 120평이니 30평짜리 집을 짓고도 커다란 마당을 만들 수 있을 것 같았다. 마당을 나서 한가하게 길을 나서면 텃밭과 연못이 기다리고 물고기들도 춤을 추겠지.

나는 이 집이 지어진 뒤로 이웃집에서 담장 위의 외

창살을 없애고, 담장도 새로 칠하는 등 주변에 작은 변화가 있었으면 좋겠다고 생각했다. 담장도 낮추고, 일부 벽은 투명한 소재를 써 담장 밖에서도 집이 잘 보이도록 하기로 할 것이다. 좋은 건축은 주변에 영향을 미치고 나아가 지역을 변화시킬 것이다.

시원한 창은 보기만 좋을 뿐 거주자를 괴롭힌다. 제로에너지하우스로 지을 것이다. 한국처럼 여름에 긴팔입고 겨울에 반팔 입는 나라는 없다. 디자인을 앞세워 건물 외관을 온통 유리로 장식해 단열과 동떨어진 건물을 짓고 싶지는 않다.

사는 사람의 생각과 느낌이 묻어나는 집 나는 그런 집을 짓고 싶다. 느낌이란 바람 사이로 스미는 향기 같은 것. 택호는 임천(林泉)이라고 지을 것이다. 숨은 선비가 사는 곳. 논어에 나오는 말이다. 이 얼마나 아름다운 이름인가. 10년 전인가 그보다 오래전인가 미얀마 여행에서 양곤을 거쳐 껄르라는 조그만 소읍에 갔을 때 허리가 아파서 동행한 문우들과 관광을 못하고 모텔에 혼자 누워 있다가 둘러본 시장에서 나중에 혹시 집을 지으면 대문에 달면 좋을 것 같은 도깨비 문양의 손잡이를 산 적이 있었다. 어렵게 집 여기저기를 뒤져 찾아낸 그것은 황동으로 만들어진 무엇이었다. 새집을 짓고 그것을 대문에 달면 무서워서 아무도 감히 범접할 수 없는 금단의 집이 될 것 같은 그런 손잡이.

일반적인 주택보다 훨씬 두껍게 벽을 만들고 최고 품질의 단열재를 쓰리라. 마당이 있는 집. 나무들 사이로 아이들이 뜀박질하는 집. 그런 집을 짓고 싶다.

철거업체에 부탁해서 안채와 행랑채를 헐기로 했다. 사랑채는 얼마 전까지 사람이 살았던 곳이라 아직 멀쩡하고, 집을 짓는 동안 인부들이 화장실도 가고 밥도 해먹고, 비를 피하기에 좋은 곳이기에 헐지 않기로 했다. 또 사람 일은 모르는 일이다. 혹여 집을 짓지 못하는 일이 생기면 그저 사랑채만 써도 충분했다. 식구 모두 이사 오는 것도 아니고 당분간 나 혼자 주말에나 한 번씩 들러 쉬었다 가기에는 사랑채만 있어도 충분했다. 재정적으로도 훨씬 수월하게 주말 주택을 마련할 수 있는 것이다. 그리고 내가 필요한 것은 예쁜 정원과 텃밭이지 좋은 집은 아니었다.

인부들에게 부탁했다. 일을 하면서 집 주변에 있는 대나무와 각종 나무들은 다치지 않게 해 달라고. 이 집을 사게 된 큰 동기가 대나무에 있다는 것이었다.

며칠 후 공사는 시작되었다. 그러나 하루가 가기 전에 문제가 생겼다. 아랫집에 사는 남자가 쫓아와서 작업을 방해한다고 연락이 왔다. 현장소장이 자기 힘으로 어쩔 수 없으니 와 보시라는 것이다.

자로 한 시간을 날려 현상에 도착하니 공사현장은

멈춰 있었다. 아랫집에 들어가니 남자가 식식거리며 나를 맞이했다.

- 공사를 하려면 남의 집에 피해를 주지 말고 해야지 않습니까.
- 무슨 피해가 갑니까.
- 포클레인과 트럭들이 드나들면서 먼지를 일으켜 밥을 먹을 수가 없고 빨래가 이게 뭡니까. 물을 뿌리고 하라고 해도 말을 듣지 않아요. 그래서 공사를 중지시켰어요.
- 공사를 하면서 어떻게 먼지를 안 내고 공사를 합니까. 옛 집을 철거하면 당연히 소음이 나고 먼지도 나고 냄새도 나는 거지 그걸 가지고 이렇게 공사를 방해하시면 어쩝니까.
- 그건 내 알 바 아니고 먼지 안 나게 물을 뿌려 가면서 공사를 하면 되지 않습니까. 다른 데는 다 그렇게 하는데 당신은 왜 그렇게 못 합니까.
- 도시도 아니고 시골에서 공사하면서 먼지 걱정해야 한다는 게 기가 찹니다.
- 이 아저씨가 촌구석이라고 무시하네. 군청 환경과에 전화 한번 해 볼까.
- 그러지 마시고 3일만 참아 주십시오. 그리고 오늘만 지나면 지붕이 날아가고 먼지 날 일도 많지 않습니다. 저하고 막걸리나 한잔하러 가시죠.

- 누굴 개호구로 아나 막걸리 한잔으로 때울 거야. 이게 지금.
- 동네에 사람들도 별로 없는데 새로운 이웃이 생기면 말 동무도 되고 술동무도 되고 또 제가 도시를 오가고 하니 필요한 것이 있으면 사다 드릴 수도 있고 여러 가지로 제가 이사 오면 좋지 않겠습니까. 그만 노여움을 푸시고 공사를 하게 해 주십시오.
- 이 양반이 말귀를 못 알아먹네 시벌.

그는 옷을 훌훌 벗어 던지고 팬티 바람으로 드잡이라도 할 기세였다. 옆에는 사위도 있었고, 동네 사람들도 기웃대기 시작했지만, 아랑곳하지 않았다. 그가 키우는 수백만 마리의 벌떼도 나를 공격하려고 윙윙거리는 것 같았다. 나는 현장소장에게 물차를 오라고 하고 사람을 하나 더 사서 물을 뿌려 가며 공사를 하라고 일렀다. 이거 집을 짓기가 만만치 않을 것 같아 고민이 많아졌다. 설령 집을 짓는다고 해도 저 사람하고 아침저녁으로 얼굴을 맞대고 살아야 한다는 게 벌써 짜증이 나기 시작했다.

면사무소에서는 집도 짓기도 전에 집으로 이어지는 진입로를 만들어 주었다. 우리 동네로 이사 온다고 1,000만 원 들여 길을 내서 포장해 주고, 동네 잔치하라고 금일봉도 준다는데, 동네 사람과 벌써부터 말다툼을 했으니 참으로 슬픈 일이다. 이러다가 집을 지을 수나 있을지 모를 일이었다.

20만 원을 주고 물차를 부르고 공사는 시작되었다. 그날 물차 값만 100만 원이 넘게 들었다. 차를 타고 도시로 향하면서 뭔가 잘못된 건 아닌가 하는 생각이 머리를 떠나지 않았다.

사랑채만 남기고 새로 지을 집터가 정리되었다. 맡긴 지 한 달이 넘는 건축 설계도가 아직 완성이 안 됐다. 건축사무소에 찾아가 독촉을 하니 건축설계도라고 주는 것이 종이 한 장에 연필로 방과 거실 부엌이 그려진 평면도를 주면서 이게 설계도란다. 아니 이게 설계도라뇨. 나는 어이가 없었다. 군청에서 지원해 주는 설계비로는 이렇게밖에 설계를 할 수 없다는 것이다. 그러면 어떻게 하란 말이냐 도대체. 그랬더니 건축사 사무장 왈. 그걸 갖다가 건축업자에게 주면 다 알아서 한다는 것이다. 기가 막힐 노릇이었다. 내가 생각한 건축설계를 몇 시간에 걸쳐 입이 부르트도록 설명을 했건만 이게 다 뭔가. 내일부터 인부들이 집을 짓기 위해 출근할 것인데 말이다. 대학교 다닐 때 알았던 건축과 교수에게 전화를 걸어 사정을 이야기하니 설계비를 그 정도 주니 그럴 수밖에 없단다.

- 집을 지을 때는 땅의 정체성과 풍광을 고려해 주변과 조화를 이루지 못하고 찍어 낸 듯한 도심형 농가주택을 지

어서야 되겠는가.

- 그러면 선생님한테 맡기면 얼마인데요.

군청에서 지원받는 것보다 무려 15배나 돈이 더 들었다.

교수는 집을 지을 때 가장 중요한 것이 일이 중단되지 않고 바로바로 연결되는 것이라고 했다. 집 짓는 것이 딜레이 될수록 인건비가 늘어난다는 것이다. 이 공정이 끝나면 저 공정으로 옮겨 가야 하는데 그러기 위해서는 기초공사를 하기 위해 땅을 파기 전에 집이 완공되기까지의 플랜이 있어야 한다고 충고했다.

- 눈품. 기존 집들 견학. 발품 자재, 직접 구매. 손품, 인터넷 자료 검사. 그렇게 노력하면 공사비 절반 줄어요.
- 우선 남의 집부터 많이 보세요. 그래야 내가 정말 좋아하는 스타일이 철근 구조인지, 목조주택인지, 벽돌집인지 알게 돼요. 무턱대고 집을 지을 수는 없잖아요.
- 집을 짓는 일은 글 쓰는 일과 비슷해요. 글을 잘 쓰려면 남의 좋은 글을 많이 봐야 하듯이 좋은 집을 지으려면 남의 집을 많이 봐야 돼요. 전체적인 색깔이나 내장재는 어떤 것을 쓸 것인지 자연스럽게 알 수 있어요. 건축가인 나도 전원주택이 많은 경기도 양평, 하남 일산까지 두루 들아다니면서 요즘 많이 지어지는 쭈댁이 어떤 것인시를

파악해요. 그렇다고 설계업체에 너무 내 주장만 고집하면 곤란해요. 나는 내 집을 지으면서 수납공간이 적고 마당에 앉을 곳을 마련하지 못한 시행착오를 겪었거든요. 공정이 늦어지는 것을 방지하기 위해서는 철저한 사전 준비가 필수예요. 특히 벽지, 세면기, 마루, 타일 같은 자재들은 도시에 있는 도매상 등을 돌아다니며 미리 계약을 해 놓아야 차질이 생기지 않아요.

건축과 교수의 설명을 듣고 나니, 나는 전혀 집 지을 준비가 안 되어 있었다. 여기서 멈추고 다시 생각해 봐야겠다. 새 집이 꼭 필요한가. 사랑채를 리모델링해서 침대나 하나 들이고 간단한 세간살이를 장만하여 주말에 와서 밥이나 끓여먹고 하루저녁 쉬었다 가면 그것으로 족한 것 아닌가 싶다.

심심하면 정원이나 가꾸고 텃밭이나 일구면서 유유자적해야겠다. 논에 심은 나무는 하나도 죽지 않고 잎사귀가 나고 새순이 올라오고 있었다. 조그만 연못엔 드디어 물고기가 입주를 했고, 분수도 하나 만들었다. 헐지 않은 사랑채에 우선 물을 연결하고 라면을 끓여먹고 잠을 청했다. 바람에 대나무 움직이는 소리가 서걱서걱 들려온다. 방바닥이 서늘한 게 내일은 아궁이에 무쇠 솥을 하나 사서 걸어야겠다.

뒷산에 가서 죽은 나무를 베다가 장작을 패서 헛간

에 갈무리해 둬야겠다. 나는 여기서 행복할 것이다. 아직 정년퇴직을 하지 않아 도시에 남아야겠지만 주말에는 임천이라는 택호를 붙인 이 집에서 하나하나 행복을 찾아 나설 것이다. 조금 욕심을 낸다면 방 하나를 개조해서 차 마시는 방으로 만들고 한쪽엔 힘 좋은 파워 앰프를 하나 사고, 질 좋은 프리 앰프도 하나 사서 탄노이 스피커에 물려놓고 모차르트나 바흐를 들을 수 있다면 금상첨화일 것이다.

좋아하는 책이나 보면서 목마르면 막걸리나 한잔 걸치고 그냥 하루를 쉬었다 갈 것이다. 여기 머무는 동안은 아무 생각도 말고 고민이나 그런 것들은 들이지 말고 그저 계절의 변화나 감지하면서 봄이면 씨앗 뿌리고, 여름엔 잡초를 뽑고, 가을엔 벌레에게, 산짐승들이 먹고 남은 푸성귀나 고구마 등을 고마운 마음으로 갈무리하리라. 겨울이면 아궁이에 군불을 때고 느긋하게 구들에 배를 대고 누워 눈 내린 대숲을 보리라.

새집을 짓는 건 당분간 미뤄야겠다. 아랫집 벌 키우는 사람하고 싸우는 것도 지겹고 사랑채에 충분한 공간이 있다. 가끔 친구들이 찾아와서 머물다 갈 방도 하나 있다. 각시가 아이들과 들러도 별로 불편하지 않을 것이다.

헐지 않고 남겨 놓은 사랑채는 방 두 개에 거실과 주방을 만들 수 있을 만큼 여유가 있었다. 그것만 충분

하지 않은가. 돈 4,000만 원 들여서 이런 호젓한 내 공간을 가질 수 있다는 게 꿈만 같다. 꼭 몇 억을 들여서 언덕 위에 하얀 집을 지어야 하는 건 아니지 않은가. 아프지 말고 행복하자.

작가의 말

소설 임천 장날은 40년 전 대학교 3학년 때 소설 창작 수업 시간에 처음 시작된 소설이다.

원고지 50매로 쓰였던 단편소설이다. 까맣게 잊어버리고 있다가 40년이 지난 어느 날 집을 정리하다가 이 원고를 발견했다.

임천 그곳에 온전히 내 유년과 성장기, 첫사랑, 이런 것들이 있었다.

소설을 쓴다는 것은 자기 이야기를 하는 것이다. 라는 말이 있다.

그 많은 시간이 흐른 지금 성하던 임천 장은 완전히 세상에서 흔적도 없이 사라졌다.

사라지는 것이 그것뿐이랴. 내가 초등학교에 입학하던 해에 옆 동네에 생겨난 초등학교도 40년을 견디고 역사의 뒤안길로 영원히 사라졌다.

한 학년이 300명이 넘던 임천중학교 학생 수가 전교생 24명의 미니 학교가 되었다.

임천 성흥산 봉우리에 있는 사랑나무는 봄에는 연초록 잎이 피어나고, 여름에는 무성해졌다가, 가을에는 단풍으로 물들고, 겨울이면 가지만 앙상한 거대한 조각상이 된다. 500년이 넘는 세월 동안 사철 하늘을 떠받치고 서 있다.

언제나 내겐 어머님 품속 같은 그곳을 배경으로 소설을 써야겠다는 생각을 40년 전에 했었다.

그리고 이제 그 소설을 썼다.

요즘 들어 각종 드라마의 촬영지로 각광 받는 그곳에 내 소설이 유명세를 더했으면 좋겠다.

사람들이 많이 찾아오는 그곳에 내 소설이 어떤 역할을 했으면 좋겠다.

꿈에도 잊지 못하는 그곳이 지금도 눈에 선하다.

2024년 5월

임천 장날

ⓒ 서성식, 2024

초판 1쇄 발행 2024년 7월 5일

지은이   서성식
펴낸이   이기봉
편집   좋은땅 편집팀
펴낸곳   도서출판 좋은땅
주소   서울특별시 마포구 양화로12길 26 지월드빌딩 (서교동 395-7)
전화   02)374-8616~7
팩스   02)374-8614
이메일   gworldbook@naver.com
홈페이지   www.g-world.co.kr

ISBN   979-11-388-3334-9 (03810)